騎士団長の息子は
悪役令嬢を溺愛する

アリス・ミスティ
ミスティ公爵家の長女で、ランドリー王国第一王子メイスの元婚約者。乙女ゲームの中では悪役令嬢キャラで、第一王子に婚約破棄される。
マリア
第一王子をたぶらかした魔性の女。魅了の力を持っており、何やら良からぬことを企んでいる。
エクス・ロスト
ロスト子爵家の跡継ぎ、またランドリー王国騎士団長の息子。突然前世の記憶がよみがえり、乙女ゲームの世界に転生したことを理解する。推しキャラであったアリスを溺愛していくことを誓う。
主な登場人物

リンス・
ランドリー
ランドリー王国の第二王子で転生者エクスの親友。優男風だが、芯の強さがあるしっかり者。
マナリア・
サルバーレ
サルバーレ王国の第一王女。金髪の美少女で、シンシアの面倒を見ているしっかりタイプ。
メイス・
ランドリー
ランドリー王国の第一王子。アリスの婚約者だったが、国王陛下主催の夜会で婚約破棄を言い渡す。
シンシア・
サルバーレ
サルバーレ王国の第二王女で、マナリアの妹。人見知りが激しく、姉に頼ることが多い内気なタイプ。

Contents

騎士団長の息子は悪役令嬢を溺愛する

yui/サウスのサウス

イラスト
春が野　かおる

1章　転生したので溺愛します！

「アリス！　お前との婚約を破棄する！」

そんな声が聞こえてきて、俺の意識は覚醒《かくせい》した。

立ちくらみのような、軽い目眩《めまい》とともに、頭に流れ込んでくる知識や記憶。

この世界の人生の記憶に、科学が発展した日本の社会人としてのさまざまな情報が流れ込んできて、やがて一つになる気持ち悪さ。

これがいわゆる「異世界転生」なのだろうか？

人格は前世の、日本人としてのものだという感覚がある。体はこの世界……貴族制度のあるこの世界で、ロスト子爵家の子息であるエクス・ロストのものだと認識できた。

頭を抱え、ぼやける視界で周囲を確認する。

ここは夜会の会場だ。

国王陛下主催の夜会だけあって、賑わっているはずなのだが、あたりは不自然なほどに静かだった。

皆の視線は、ある一点に集まっていた。

先ほどの声の主である、この国の第一王子、メイス・ランドリー殿下だ。

その周りには取り巻きが何人かおり、俺もどうやらその一人らしい。

つまり、かなり注目を浴びているわけなのだが、俺はあくまで端役らしく、頭を抱えていようが、誰も気にはとめていないようだった。

婚約破棄を告げたメイス王子よりも視線を集めているのは、王子から少し離れた位置に立つ令嬢だった。

銀色の髪と鮮やかなグリーンの瞳が特徴的なその令嬢は、王子の婚約者であり、ミスティ公爵家の長女である、アリス・ミスティ公爵令嬢だ。

うん？　あれ？　アリス・ミスティ……俺はこの名前を知っている気がする。

この世界での知識としてだけでなく、前世の知識のほうで。

前世に存在した女性向けの恋愛シミュレーションゲーム……いわゆる乙女ゲームだ。前世も男であったはずの俺がなぜ知っているのか疑問ではあるが……まあ、きっと当時の感性に合っていたのだろう。

タイトルは……そう『ラブリー☆プリンセス』だったかな？

いたってシンプルな、さまざまな障害を乗り越えて5人の攻略対象と結ばれる恋愛ものだった。個別ルートにはそれぞれノーマルエンドとトゥルーエンドが存在して、おまけで逆ハーレムエンドもあったんだったかな？

その乙女ゲームの恋のライバルが、王子の婚約者であり、悪役令嬢のアリス・ミスティ……多分、彼女がそうだろう。

うん、よく見れば王子も、その取り巻きも、見覚えのある攻略対象のキャラクターだし、ヒロインもちゃっかり王子の隣にいるわ。

俺は……鏡がないからなんとも言えないけど、この取り巻きの一番右端にいることと、エクス・ロストという名前から、おそらく一応、攻略対象の一人のはずだ。

ロスト子爵家は騎士の家柄で、俺は騎士団長の息子ということになる。

他の攻略キャラクターがそれぞれ、王子、悪役令嬢の義理の弟、別の公爵家の息子、商人の息子ときて、俺は騎士団長の息子……なんというか、微妙なポジションだな。

爵位は一番低いし、しかも脳筋キャラ。一応この国の騎士団はそれなりの権力を持っているが、それでも貴族階級的には立場は低い。

まあ、それでも、そこそこルックスはいいはずだから、問題はない。公式サイトの人気投票では攻略キャラクターの中で最下位だったエクス・ロストでも。

……なんか言ってて悲しくなってくるが、気のせいだろう。

「マリアにしたこれまでの仕打ち、忘れたとは言わせぬぞ！」

そんなことを考えていると、聞こえてきたのは王子のそんな言葉。

前後の記憶が曖昧《あいまい》だが……さっき婚約破棄って言っていたから、今は断罪しているのだろう。

それにしても、攻略対象全員で悪役令嬢であるアリスを責めるようなイベントなんて、あったっけ？

婚約破棄イベントは記憶にあるけど、確かその時は、王子オンリーだったような？

ゲームの内容を思い出そうとしていると、俺以外の取り巻きが、悪役令嬢のアリスがやったことをあげていく。

まとめると、アリスがマリアを仲間はずれにするように他の貴族たちに促したり、悪評を立てたりと、陰で嫌がらせをしていて、あげくの果てに暗殺者まで雇ったらしいのだ……あれ？

おかしいな。

俺の気のせいでなければ、ゲームでの悪役令嬢のアリスは、そこまではしてなかったような……というか、そんな記憶は微塵《みじん》もないのだけど。

ヒロインであるマリアが泣いていた姿は確かに記憶しているけれど、少なくとも俺は、具体的な嫌がらせのシーンは見ていない。

他の攻略対象の証言も、全部マリアから聞いたというものばかりで、証拠はないようだった。

とはいえ、王子とその取り巻き（俺以外の４人）が口々に言えば、会場もなんとなく、悪役令嬢であるアリスが悪いというムードになってきているようだが……

俺は視線をチラリとヒロインに向けてみる。

ヒロインは顔を手で覆ってはいるが、俺の位置からは、ちょうど隠れている顔の一部……笑みで緩んでいる口元が見えた。

（これは、計画通り、って感じなのか？）

ヒロインの様子から、策略の気配を感じたので、俺はもう1人の当事者である悪役令嬢のアリスに視線を向ける。彼女はなんとか毅然としようとしながら、どこか悲しげな雰囲気でそれを聞いていた。

（待てよ。似たような状況の話を知っている気がする）

あれはそう、乙女ゲームに転生した悪役令嬢がバットエンドを回避する物語。

いわゆるラノベというもので、そこでも悪役令嬢は、転生者のヒロインから偽の証拠を突きつけられていたような気がする。

つまり……

（ヒロインが転生者、というパターンか……）

おそらく、転生者のヒロインが、悪役令嬢であるアリスに無実の罪をなすりつけて、王子を奪う作戦なのだろうけど……それにしても、他の攻略対象もヒロイン側なのは厄介《やっかい》だな。

というか、俺の中にあるエクス・ロストの記憶や感情は、ヒロインにかなり好意を寄せているし、他の攻略対象もヒロインへの好感度がかなり高いように思えることからも、ストーリーから外れて、逆ハーレムエンドを狙ってるのは明白だ。

「おいエクス。お前も何か言ってやれ！」

そんな風に冷静に分析をしていると、黙っていることを不審に思ったのか、王子がそんなことを言ってきた。

その言葉で会場中の視線が俺に集まるが……ふむ……

「殿下。一つ確認ですが、アリス様との婚約は破棄なさるのですよね？」

「当たり前だ！」

「本当にいいんですね？」

「くどいぞ！」

「そうですか。では……」

そう言って俺は、ゆっくりとアリスの前へ歩いていく。

アリスが警戒したようにこちらを見ているので、俺はそれに優しく微笑んでから片膝をゆっくりと地面につけて、そっと彼女の手を握って言った。

「私と結婚してください――アリス様」


「えっ……？」

驚きの表情を浮かべるアリス。

まあ、そりゃそうだろう。直前までアリスを断罪する側の人間に見えた俺が、いきなりこんなことを言えば、そういう反応は当たり前だろう。

でもね……ごめん。

俺、悪役令嬢のアリスのことを、大好きなんだよね。

ゲームの推しキャラはもちろんアリスだし、一時は同人誌でアリスが幸せになる物語を書こうと思ったくらいハマっていたのだ。

俺はキャラクターとしてのアリスが好きだったんだけど……なんていうか、目の前で悲しそうな表情を浮かべている彼女を見たら「守ってあげたい」と思ったんだよね。

それに……本当にアリスがヒロインに何かをしたという証拠はない。これは確実に冤罪のようだし……王子様が手放すなら、俺が彼女をもらっても何の問題もないよね？

呆然《ぼうぜん》とするアリスに、俺はなるべく優しい笑みを浮かべて言った。

「私ではアリス様とは釣り合わないかもしれませんが……殿下があなたを手放すというなら、

あなたを私にくださいませ。私は――あなたのことを心から愛しております」

その言葉に……アリスは明らかに分かるほどに顔を赤くして視線を泳がせた……え、何この可愛い生き物。

「あ、あの、あの……えっと……」

「エクス！　貴様、血迷ったか！」

思わず抱き締めたい衝動にかられるが、そのじゃまをしたのは、呆気にとられていたはずの王子の怒声。

うるさいなぁ、全く。

俺はアリスに微笑みかけてから、彼女を守るように後ろに庇《かば》い、無機質な視線を王子たちに向けながら言った。

「殿下……彼女を冤罪で苦しめるなら、私としても容赦《ようしゃ》するつもりはありませんよ」

「それはこちらの台詞《せりふ》だ！　そいつはマリアを苦しめた罪人だぞ！」

「エクスさん、目を覚まして！」

ヒロインからのありがたいお言葉。

以前のエクスならあっさり落ちていただろう。

だが、俺は特に何の興味もない視線を向けて言った。

「マリアさん。あなたは罪のない彼女に冤罪をかけて楽しいですか？　いや、殿下を手に入れるためにアリス様を貶《おとし》めて……人として恥ずかしくないのですか？」

「貴様！　マリアを愚弄《ぐろう》するなら、その罪人とまとめて国外追放するぞ！」

「ほぅ？　国外追放ですか。あなたにその権限があるとお思いですか？」

「何！」

ものすごい形相でこちらを睨《にら》んでくる王子。

俺はそんな王子の視線が後ろのアリスにいかないよう庇いながら、冷静に言った。

「考えてもみてください。本日は国王陛下主催の夜会なのですよ。そんな大きなイベントでこんな騒ぎを起こしたのに、陛下が全く介入してこない時点で、少しは察してくださいよ」

絵に描いたようなキリリとした面持ちの国王陛下をチラリと見る。

国王陛下は俺の視線を受けると、面白そうに頬を緩めた。その表情を見て確信する。

「分かりませんか殿下？　あなたは試されているのだということが」

「何の話だ！」

鈍い王子だなぁ……。

ため息をつきそうになるが、なんとか抑えて、俺は事実を突きつけた。

「おそらく陛下は、ここ最近のあなたの行動を全て把握されているでしょう。その上であなたが次の国王にふさわしいか、見極めようとしているのではないでしょうか？」

「なっ……⁉」

推測にすぎないが、俺が知識として知るこの国の国王陛下は、どこまでも頭の回る人だ。ここ最近の王子の堕落《だらく》ぶりを知らないはずがない。

現に、今も静観はしているが、この事態に全くたじろいだ様子はなかった。

つまりこの状況も、国王陛下の手のひらの上なのだろうと推測できる。

俺の発言に驚いた王子だったが、すぐに顔を憤怒に変えて言った。

「貴様……よりにもよって父上を巻き込むとは！」

なんでやねん。

思わずそうツッコミそうになったが、面倒なのでさっさと切り上げることにした。

「それでは、ごきげんよう。行きましょうかアリス様」

そう言って俺は、アリスの手を引いてその場をあとにする。

「待て！　ええい、逃がすな、衛兵‼」

そんな俺たちを止めるために、王子は近くの衛兵たちに指示をする。

衛兵は慌《あわ》てたようにこちらに近づいてくるが……俺は冷ややかに言った。

「あなた方の主は殿下ですか？　それとも国王陛下ですか？」

その言葉にピタリと止まる衛兵たち。

なまじ忠誠心がある人間は、その手の事柄に敏感で助かる、と思いながら俺は続けた。

「そこにいるのは、あくまでも王位継承権が高いだけの王子です。その言葉に、あなた方のような陛下に忠義をささげる者が勝手な判断で従うのですか？　もっとも……先ほどからこの騒ぎを静観されている陛下からのご命令なら従うべきでしょうが。いかがですか、陛下？」

先ほどからこの場を冷静に見ている国王陛下に俺は視線を向けると、陛下は面白いものを見たような、いかにも愉快《ゆかい》といった表情で言った。

「よい。行け」

「な……父上！」

陛下の言葉に声をあげる王子だったが、その厳《いか》つい顔を向けられると何も言えないのか、黙り込んでしまった。

そんな陛下に俺は一度軽く頭を下げて、その場をあとにする。

ヒロインが不気味なほどに静かだったのは気になるが……それよりも、俺は早く2人きりになって返事を聞きたかったので、なるべく早く、でも、アリスのペースに合わせて歩きだした。

◆◇◆◇◆

不意打ちの可能性も考慮して、適度に開けた場所まで来ると、俺は歩みを止めた。

現在位置は城から中庭に続く道。ここから見える中庭は、月灯りで花が綺麗《きれい》に輝いている。

話をするには最高のシチュエーションだ。

念のため追っ手が来ないのを確認し、俺はまずアリスに頭を下げて言った。

「まずは、このような事態になったことを謝罪させてください。私がもう少し早く殿下の行動を止めていたら、アリス様にこのようなお辛い思いをさせずに済んだのに……」

「そ、そんな……私こそロスト様を巻き込んでしまい申し訳ありません」

「アリス様。私のことは昔のように名前で呼んでください」

「で、でも……」

「お願いします。私はあなたに名前で呼ばれたいのです。そして、どうか私があなたを名前で呼ぶことをお許しください」

すでに何度も名前で呼んでしまっているが、それでも、確認のためそう言うと、アリスはしばらく考えてから、ゆっくりと首を縦に振った。

「分かりました、エクス様。それともう一度謝罪をさせてください。本当にすみませ――」

そこまで言わせずに、俺はアリスの唇に人差し指を当てると強引に黙らせて言った。

「アリス様からの謝罪は受け取りません。あなたは何も悪くないのですから」

「で、でも、私が殿下のお心に寄り添えなかったために、このような大事になってしまって」

「いいえ、そもそも殿下が大切な婚約者を放置して、他の女性にうつつを抜かしたことが原因なのです。だからあなたは全く悪くありません」

きっぱりと断言する。

そもそもこんな可愛い婚約者がいながら、他の女にデレデレする神経が分からないよね。

王子だから庶民的な女に惹《ひ》かれやすいのかもしれないけど、だとしても、せめて穏便に婚約解消に持っていくなり、ヒロインさんを側妃にするなり、他にも方法があっただろうと、今さらながらに思う。

そんな俺の言葉にまだ反論しそうなアリスに、俺は先んじて言った。

「それよりも……私はあなたの本当のお気持ちが知りたいのです」

「ほ、本当の気持ちですか？」

「ええ。私はあなたのことが大好きです。愛しています」

その言葉にアリスは顔を真っ赤にする。

うぶすぎる反応だが、そんなところも愛しいと思いつつ、俺は言った。

「なので、アリス様には幸せになっていただきたいのです。もちろん、アリス様が俺の求婚に応えてくださるのが一番いいのですが……無理強いをするつもりはありません」

ここは強引にいくべきところなのだろうが、しかし、俺は勢いだけでアリスの気持ちを奪う気はないので、一応は選択肢を示すことにする。

「もし、他に好きな男がいるなら、私は涙をのんで全力で応援しましょう。もし、今回の一件で結婚が嫌になったのなら、私があなたへ行く縁談を全て阻止しましょう。何があろうと私はあなたの味方でいるつもりです。ただ、できるなら――」

俺はアリスの手を取って、真っ直ぐに目を見て言った。

「これから先の人生を全て私にください。あなたの全てを私にください。そして――あなたをこれから生涯、愛して守り抜くことをお許しください」

自分でも、かなり痛い告白をしている自覚はあるが、本気なのでそこはスルーする。

アリスの瞳には驚きと迷いが見えたが、拒絶は感じられなかった。

現に今も、つないでいる手を離す気配は全くない。

視線が左右に揺れて瞳が潤んでいるが、顔は真っ赤で、それが俺の中のサディズムを刺激してしまう。

うん、落ち着こう。

これで断られたりしたら、痛いどころじゃない。大爆死間違いなしだが、まあ、その時はその時で、彼女の中で笑い話に変わることを切に願う。

「あ、あの……私……」

しばらく言葉に詰まっていたアリスだったが、やがてポツリと呟《つぶや》いた。

「いいんでしょうか……私なんかがエクス様に愛されるなんて」

「あなたがいいんです」

「私……婚約破棄された、世間的には不良品ですよ？」

「不良品？　むしろ新品同然じゃないですか。それに婚約破棄は殿下の仕業で、あなたのせいではありません」

「エクス様はお優しいからそう言ってくださいますが……他の皆様からは、そうは見えません。私は殿下に捨てられたダメな女です」

ぎゅっと唇をかみしめるアリス。

そこまで自分を追い詰める必要などないのに、この子はなんて健気《けなげ》なんだと、俺の中でアリスへの好感度が爆上がりしていくが、むろん口には出さずにきっぱりと言った。

「他の人間からどう見られようと構いません。私にとってアリス様はアリス様です」

「え……？」

ポカンとするアリス。

そんな表情も可愛い。俺は優しく微笑みながら言った。

「世間からどう見られようと、あなたはあなたです。私にとってはアリス様が一番なんです。例え世界中を敵にしても、例えあなたが自分のことを好きじゃなくても、私はあなたが大好きです。そして、私以外の人間が、あなたを蔑み、見下すなら、その全てを、私の剣で叩き斬ります」

「どうしてそこまで……」

「決まっています。アリス様のことが大好きだからです」

それ以外に理由なんてないと言うと、アリスはぽぅと顔を赤くしながら俺を見つめた。

これは、少なからず俺に好意を抱いてくれた、と見ていいのだろうか？

いや、まだ足りない。

そう思い、俺は改めてアリスの手を握ると、そのまま片膝を地面につけ、誓いをたてる騎士のように言った。

「改めて申し込みます。アリス・ミスティ様。私の妻になってください。私はあなたのことを愛しております」

アリスはしばらく迷うような仕草をしてから、ポツリと頷《うなず》いた。

「……はぃ」

人生初の大告白が成功したのだと理解するのに、しばらく時間がかかった。

こんなに強引な告白をすれば、嫌われても仕方ないのに、アリスは受け入れてくれたのだ。

多分この時から……いや、俺は自分の意識を取り戻してから、アリスをキャラクターとしてではなく人間として愛していた。つまり一目惚れしたのだろうと後に思う。

まあ、自分のチョロさやイージーさに思うところはあるが、この感情が変わることは永遠にないと断言できる。

チョロくても、俺は一途《いちず》なのだ。アリスのことを永遠に愛し、守ろう、と心の中で誓うのだった。

◆◇◆◇◆

「ここにいたのか。探したぞ、アリス」

アリスが俺の告白を受け入れ、俺とアリスが見つめ合っていると、そんな声が聞こえてきた。

アリスはその声にハッとして、俺から手を離すと、恥ずかしそうにそちらを向いて言った。

「お、お父様。いつから……」

「たった今だが……おじゃまだったかな？」

そう言って微笑むのは、アリスの父親でありミスティ公爵家当主のレイド・ミスティ公爵だ。

公爵はアリスに微笑みかけてから、俺を見て言った。

「久しぶりだね、エクスくん。大きくなったな」

「お久しぶりです、ミスティ公爵。お元気そうで何よりです」

「ああ。それで君は、私に何か言うことがあるのではないのかな？」

そう言う公爵の目は、こちらを強く射抜いていた。

その眼力に怯《ひる》みそうになるが、俺は堂々と胸を張って言った。

「ミスティ公爵。私は今、改めてアリス様に求婚させていただきました。そしてアリス様からよいお返事をいただきました」

「それで？」

「アリス様を私にください」

そう言うと、公爵はさらに強くこちらを見た。

「今まで殿下を止められず、散々アリスを苦しめて出てきた台詞がそれか？」

「全く同感です。今までの私は、アリス様にとってマイナス要因でしかありませんでした。アリス様が苦しんでいるのを知りつつ、黙って見ないフリをしてきました。でも、それも限界なのです」

「……」

「諦《あきら》めていたアリス様への気持ち。それを私は取り戻しました。だからこそ、これからの私はアリス様を精一杯守り抜くつもりです」

「そうか」

そう言うと同時に、公爵は腰に下げた剣を抜き、俺に斬りかかる。

アリスが悲鳴を上げて止めそうになるのを片手で制して、俺はそれを黙って見ている。

転生してから、やけに体が軽いと思っていたが、どうやら身体能力が爆発的に上がっているようだ。

公爵の一連の動きが全て止まって見えた。相手は真剣なのに、頭の中でどう対処すればいいかが普通に分かる。

やがて公爵の剣が俺を真っ二つに——する前に剣先がピタリと止まり、公爵は感嘆の息をもらす。

「ほう。私の剣の軌道が見えていたのか。さすがは、この国最強の騎士である騎士団長の息子だな」

「過分な評価、恐れ入ります。その上でもう一度お願いします。アリス様を私にください」

「子爵令息が公爵令嬢にプロポーズか？　我が家にはメリットがまるでないが？」

「そうでもないでしょう。私が騎士団長になればミスティ公爵家はこの国の騎士団と太いパイプができます。そうなれば、ミスティ公爵は貴族間での発言力がさらに大きくなります。それこそ陛下も無視できないほどに」

その言葉にしばらく黙っていた公爵だったが、ふっと剣を鞘に戻すと、俺に背を向けて言った。

「アリスを泣かせたら殺す。覚悟をするんだな」

「ありがとうございます」

「アリス。エクスくんに泣かされたら、いつでも言いなさい」

そう言って公爵はこの場をあとにした。

多分あの人はあの人で、何か思惑があったのだろう。

今回の婚約破棄、公爵もその場にいたはずなのに、全く出てくる様子はなかった。

本当に娘が心配なら出ていくだろうに、そうしなかったのは、おそらくあの状況に何かしらメリットがあったからだろう。

それが何かまでは分からないが……まあ、今は関係ないのでスルーしてもいいだろう。

「え、エクス様！　大丈夫ですか⁉」

そんな風に一安心していると、アリスが心配そうにこちらに駆け寄ってきた。

「お怪我はありませんか？　大丈夫ですか？」

俺を心底心配してくれるアリスに心が温かくなるのを感じつつ、俺は笑顔で言った。

「大丈夫です。アリス様には格好悪い姿を見せましたね」

「そんなこと！　むしろ格好いいで――」

と、そこまで言いかけて、アリスは慌てて口をふさいだ。

何を言いたかったのか、ものすごく分かりやすいけど、それでいじめるような真似はせずに俺は言った。

「ひとまずアリス様との婚約を認めてもらえてよかったです。できなければ、駆け落ちも覚悟していたので」

「か、駆け落ちですか？」

「ええ。騎士が姫を拐《さら》って遠くへ逃げる。物語みたいで素敵じゃないですか？」

その光景をイメージしているのか、少しだけ幸せそうな表情をするアリス。

なんとも可愛い。

王子はなんでこんな可愛い婚約者を放置できたのか……ブス専なのかな？

まあ、ヒロインは客観的に見れば可愛いから、ブス専ではないのかもしれないけど、それにしても謎だ。

「さて、では今日はこれからどうしましょうか？」

「どう、とは？」

「アリス様には3つの選択肢があります。1つ目はこのまま帰ること。2つ目は私の実家に泊まること。そして3つ目は——私が用意した小屋で私と一晩過ごすこと。さてどうします？」

「ひ、1つ目です！　それ以外ないです！」

「おや？　私と一緒は嫌ですか？」

そう言うと、アリスは慌てたように言った。

「ち、違います！　ただその、まだ早いというか……心の準備が、あの、その……」

あわあわするアリス。

やべぇ、なんだこの可愛い生き物！

そんなことを思いつつ、俺は笑顔で言った。

「分かりました。では、今日は屋敷までお送りします。正式な挨拶《あいさつ》をしたいので、続きはまた明日ということで」

「つ、続きって……」

「ご想像にお任せしますよ」

俺は赤くなったアリスを連れて馬車へ向かった。

ちなみに、続きと言っても話の続きなので、アリスが想像している可愛いことではない。まあ、展開しだいではそうなるかもしれないが……それは、アリスの可愛さに俺の理性がもつかどうかによるだろう。

◆◇◆◇◆

「戻ったかエクス！」

アリスを送ってから自宅である屋敷に戻ると、大柄な筋肉男に出迎えられる。

この男こそ、なにを隠そうロスト子爵家の当主にして、ランドリー王国の騎士団長である、ベクトル・ロストだ。

そして、俺、エクス・ロストの父親でもある。

本日の夜会にも当然参加していたので、俺がやらかしたことは知っているだろう。

さて、どんなお小言を言われるのか、と思っていると、父上は俺の肩に手を置いて、ご機嫌な様子で言った。

「よくぞ、目を覚ましてくれた！」

「父上、何ですか急に？」

「いやいや、よくぞ目を覚ましてくれた。ここ最近のお前の行いを見ていて、不安だったのだが……やはり私の息子だ。一人の騎士として女性を守ろうとしたのは正しい判断だ」

そう言って肩を強く叩《たた》かれる。

そうか、俺の最近の行動、つまりヒロインに攻略された状況に危機感を抱いていたのだろう。まあ、そりゃ、ヒロインにメロメロ状態だと、何があろうと悪い意味でヒロインを信じてしまうからね。

腑《ふ》抜《ぬ》け、と言われても仕方ない状態だったのだろう。

俺は間違いを正すために言葉を発した。

「父上、私は騎士としてアリス様をお助けしたわけではありません。私は、アリス様を一人の女性として、心から愛しく思っているので、割って入ったのです」

「そうなのか？　しかし相手は公爵令嬢だろう。それに、確かお前は、あの小娘に骨抜きにされていると報告を受けていたが……」

「一時期は惑わされました。でも、昔のシンプルな気持ちをようやく思い出したのです。私はアリス様を愛しております」

そう言うと、父上は驚いた表情を見せてから、少しだけ涙ぐんで言った。

「そうか……ならば私も、父親としてお前の想いを応援しよう。なんとかミスティ公爵を説得して縁談をまとめ――」

「あ、それは大丈夫です。アリス様にはよいお返事をいただきましたし、ミスティ公爵ご本人からも許可を得ましたので」

「何？　本当か!?」

大層驚いた表情を浮かべる父上。

「あの腹黒がよく許可を出したものだ……何をしたのだ？」

「普通にお願いしただけですよ」

まあ、剣で真っ二つにされそうにはなったけど、その経緯を話す必要はないだろう。

父上は俺の言葉に、しばらく考えてから言った。

「一応、正式な縁談の申し込みはしておこう。それで、エクス。お前に聞きたいのだが……」

「何でしょう？」

「学園を卒業したら、お前は正式に騎士団に入る、ということでいいのか？」

「ええ、そのつもりです」

現在、俺は学生だ。

来年卒業すれば、俺は基本的には騎士団に入り、遠からずロスト子爵家の家督も継ぐことになるだろう。

そして、アリスを嫁として迎える。

元々アリスは王子の婚約者として王妃教育を受けているので、我が家での嫁修行は必要ないだろうが、やはり早めに俺の元に来てほしい、というのが本音だ。

しかし、あと1年は学生として過ごすのだ。その間はアリスと学園生活を楽しみながら、将来を見据えて動くべきだろう。

以前のエクスは自分の将来について、不満を持っていた。

騎士団に入るのも嫌がっていたが、俺は別に騎士団に入ることに抵抗はない。アリスと幸せになれるなら、何でもする覚悟だ。

そんな俺の言葉に父上は嬉《うれ》しそうに頷いた。

「そうか……ならば、来年までお前を待とう。騎士団に入ったら、必ず私を越えろ」

「ええ、もちろん。ただ私は、アリス様を守るために今より遥かに強くなる予定なので、そこは覚えておいてください」

「覚えておこう」

そう言って背を向ける父上だったが、思い出したようにこちらを見て言った。

「そうそう、お前がアリス嬢を連れ出したあと……殿下とお前以外の側近、それに小娘は、陛下の指示で連れ出されたそうだ」

「そうですか。それで、何か処罰が下ったのですか？」

「ああ、殿下は王位継承権を剥奪《はくだつ》になった。他の側近もそれぞれ家で処罰を受けているようだ。小娘は……どうやら錯乱しているようで、牢に閉じ込められているそうだ」

錯乱ねぇ……まあおそらく『こんなイベントあり得ない！』みたいなことを叫んでいたのだろう。

転生者なら、自分の知識にはない展開に発狂したくもなるだろう。

ゲーム感覚でこの世界を楽しんでいたのなら、なおさらだ。

ベタなところでは、アリスを恨んで攻撃するか……頭が回る相手なら、俺が主犯だと気づいて何かしてくるかもしれない。アリスに被害がいかないよう全力で守ろう。

あとは他の攻略対象だが……多分俺が裏切ったと思っているだろうから、ヘイトは俺に集中するだろう。

特にヤバそうなのは、王子かな？

愛しのヒロインを閉じ込められて、王位継承権を剥奪されて、まさにお先真っ暗になってしまったのだから俺を恨む気持ちは強いだろう。それは分からなくはないが……アリスの不幸の上に成り立つ幸せなんて認められないので、間違ったことをしたとは思わない。

むしろ、向こうが先にはめようとしてきたのだから、恨まれる筋合いはまるでない。しかし、そう言ったところで、納得はしないだろう。

何か仕掛けてきそうなら、対策を考えるべきか。

残る懸念は、乙女ゲーム世界の強制力みたいなものがあるかどうか。もしあれば、それをどうするかだが、実はあまり心配していない。

ヒロインが逆ハーレムルートを無理やりできたことと、俺がアリスを救えたことが、何よりも確かな証拠だからだ。

ま、どちらにせよ、俺はアリスを守ろうと改めて決心したのだった。

2章　娘さんをください！

翌日、俺はミスティ公爵家に来ていた。

ミスティ公爵と公爵夫人へ改めて挨拶と、アリスに会いにきたのだが、アリスと一緒にいたい、というのが一番の理由だ。

貴族らしい大きな屋敷につくと、アリスが使用人と一緒に出迎えてくれた。

「ごきげんよう。ようこそおいでくださいました」

「こんにちは、アリス様。昨夜は大変お世話になりました」

「はい、エクス様」

にっこりと微笑んでくれるアリス。

うん、やっぱり笑顔が可愛い、と思っていると、アリスは首を傾《かし》げた。

「どうかなさいましたか？」

「いいえ、アリス様の笑顔に見とれていました。無礼でしたらお許しを」

「み、見とれ……あ、ありがとうございます……」

照れるアリスの様子があまりにも可愛いので、写真に撮りたくなったが、カメラがないので心のフォルダーに入れることにする。

「えっと……お父様がお待ちですので、ご案内いたします」

「はい。お願いします」

アリスに案内されて応接室へ通される。

ドアの前まで来たところで、アリスは頭を下げて言った。

「エクス様。お父様のお相手大変かもしれませんが、何卒お願いします」

「もちろんです。むしろご両親に挨拶ができるのは願ったりです。もう一度きちんとアリス様をくださいと言いますので、終わったら一緒にお茶をしていただけますか？」

「はい、もちろんです」

少し照れながらそう言うアリスに頷いてから俺はドアを開けた。

広い応接室には2人の人物がいた。

1人は昨日も会ったアリスの父親、そしてもう1人は、アリスが年を経てさらに綺麗になったような女性。

おそらくというか、間違いなく、アリスの母親であろうその人は微笑みながら言った。

「お久しぶりね、エクスくん。覚えているかしら？」

「はい。お久しぶりです、ミスティ公爵夫人。相変わらずお美しいですね」

「あらあら、お世辞が上手くなったわね。でも主人の前では言わないほうがいいわよ。この人、嫉妬深いから」

「ええ、気をつけます」

そう言ってから俺は隣のミスティ公爵へ視線を向けて言った。

「ミスティ公爵、昨夜はありがとうございました」

「何の感謝か知らないが、元気そうで何よりだよ、エクスくん。昨夜はよく眠れたかな？」

「ええ、アリス様のことを想いながら寝ましたので」

「そうか」

笑ってはいるが、目はあまり笑っていない。

おそらく、先ほどの奥さんへの世辞で若干機嫌が悪くなったのだろう。俺は特に気にした様子を見せずに言った。

「本日はお2人に改めてご挨拶をしようと思い参りました。すでに正式に縁談がこちらに来ていると思いますが、こうして顔を見せて直接お伝えする必要があると思いましたので」

「あらあら、そんなに固くならなくていいのよ、エクスくん。あなたとは義理とはいえ親子になるのだから」

「ありがとうございます。ミスティ公爵夫人」

「もう、お義母様でいいのよ？」

「では、そう呼ばせていただきます」

そう言うと、嬉しそうに微笑む公爵夫人……いや、お義母様。

腹黒な夫とは違い、天真爛漫《てんしんらんまん》な様子。仲良くできそうでありがたいが……もう1人の方の親はにっこりと微笑んで言った。

「私のことは間違ってもお義父様とは呼ばないことだ。まだ君を許したわけではないからね」

「もう、またそんなこと言って。本当はエクスくんのこと、そこそこ気に入ってるくせに」

「何を言うんだ、全く」

鼻を鳴らすが、否定をしないところを見ると、本当なのかな？

まあ、許可がないなら今まで通り呼べばいいだろうと思い俺は頷いた。

「分かりました。それで本題なのですが……アリス様を私の妻にください」

「ふふ、ずいぶんとストレートな発言ね。アリスは顔を真っ赤にしたんじゃないの？」

「ええ、大変可愛い反応をいただきました」

「あらあら、若いっていいわねー」

そう笑ってからお義母様は微笑んで言った。

「私はアリスの意思を尊重するわ。あの子が選んだ道なら、否定はしないわ」

「ありがとうございます」

「私は、昨日も言ったが、アリスを泣かすようなら容赦はしない。それだけだ」

「もちろんです。アリス様が泣くようなことがあったら、私を叩き斬っていただいて構いません」

「あら、強気な発言ね」

「ええ、アリス様が泣くのなら、私に責任があるのでしょう。ですから私は、いかようにしていただいても構いません」

そう言うと、ミスティ公爵は鼻を鳴らして言った。

「その覚悟は立派だが、アリスが君のために涙を流すとは限らないぞ」

「ええ、もちろんです。それでも私は、アリス様には笑顔でいてほしいのです」

「なぜだ？」

「むろん大好きだからです。好きな人に泣いてほしくないというのは、当たり前のことですよね？」

そう聞くと、公爵はポカーンとしてから少しだけ笑って言った。

「なら、アリスを絶対に守れ。そうすれば黙認してやる」

「ありがとうございます」

そう言うと、また鼻をならす公爵だが、特に何も言わなかった。

そんな公爵を微笑ましげに見つめるお義母様は、やはりこの人の奥さんにふさわしいのだろうと心から思ったのだった。

◆◇◆◇◆

「ロスト様」

部屋を出ると、外で控えていたのであろう、ミスティ公爵家のメイドさんに話しかけられる。

「お嬢様がお庭でお待ちです。ご案内します」

「そうか。ありがとう」

能面のように表情が動かないメイドさんのあとをついていく。

貴族風に言うなら侍女さんかな？

貴族の屋敷というのは無駄にデカいので、庭までかなり歩かされたが、なんとかたどり着く。

庭園とも言うべき手入れの行き届いた庭に思わず感嘆の声が出そうになるが、その前に、視界に映った光景に思わず声を忘れて見入ってしまう。

ティーカップを持ちお茶を飲むアリスの姿は相当絵になっており、俺はそれをしばらく無言で眺めてしまう。

と、そんな俺の視線に気づいたのか、アリスは俺を見て表情を輝かせて言った。

「お待ちしておりました、エクス様」

「お待たせしました、アリス様。遅くなってしまい申し訳ありません」

「そんなこと……！　むしろ、私こそお手間をとらせて申し訳ありません」

「手間などではありません。むしろ有益な話ができました」

「有益ですか？」

「ええ、アリス様を妻として私にくださいとお願いしてきました」

「ふぇ!?」

俺の言葉に、ティーカップを落としそうになるアリス。

可愛い反応を見守っていると、アリスは照れながら言った。

「あ、あの……お父様は何て？」

「昨夜と同じです。『アリスを泣かしたら許さない』と、当たり前のことを言われました。ちなみにお義母様は、アリス様の意思を尊重するそうです」

「そ、そうですか……って、え？　お義母様？」

「ええ、ミスティ公爵夫人も同席されていたのです。その時にそう呼べと言われたので」

「そ、そうですか……あ、あの！」

そこでアリスはしばらく視線を泳がせてから、意を決したように言った。

「エクス様。私のことは、その……名前で呼んでくださいませんか？」

「それは、呼び捨てでいいということですか？」

「は、はい……」

嬉しい申し出だが、俺はしばらく悩む素振りを見せてから言った。

「代わりに、一つだけ条件を出してもいいですか？」

「条件ですか？」

「はい。私のこともエクスと呼び捨てにしてください」

そう言うとアリスはしばらく恥ずかしそうにしていたが、頷いて言った。

「わ、分かりました……エクス」

「はい。ありがとうございます、アリス」

そう言うと嬉しそうに「えへへ……」と笑うアリス。

なんだ、この可愛いすぎる生き物。

可愛い……否！　可愛すぎる！

……おっと、いけないいけない。

冷静にならないとな。

「そ、それではお茶にしましょう」

「はい。あ、そうそう。アリスはクッキーはお好きですか？」

「クッキーですか？　はい」

「でしたら、よかったらこれを」

そう言ってから俺は、ここのメイドさんに預けていたクッキーの袋を渡す。

それを見て、アリスは驚いたような表情を浮かべて言った。

「これは……見たことのないブランドのものですね」

「ええ、そうでしょう。私の手作りですから」

「手作りですか？　エクスの？」

「はい。もし嫌でしたら下げますが……」

「そ、そんなことないです！　むしろ嬉しいです！」

そう声をあげてから、「あっ……」と恥ずかしそうに顔を伏せそうになるアリスに、俺は笑顔で言った。

「ありがとうございます。アリス」

「は、はい……さっそく食べさせてもらいますね。エクスにもお茶を」

アリスがそう言うと、メイドさんは俺の分を用意してくれた。

俺はそれに口をつける。

上質なものなのか、すごく香りがいい。

貴族的な味覚なら普通だが、前世的味覚では、スゲーいい奴としか分からないレベル。

もちろん、そんなことは顔には出さずに笑顔で言った。

「美味しいですね」

「……美味しい」

俺と同時にそんな言葉が聞こえてくる。

見ると、アリスが半分になったクッキーを眺めて呆然としていた。

「これ……本当にエクスが作ったのですか？」

「ええ、お口に合いましたか？」

「は、はい。すごく美味しいです……」

「でしたら、よかったです」

エクスには料理のスキルや知識はほとんどないが、前世の俺には、そこそこの料理スキルと多少の知識があった。好感度アップのために作ったクッキーは好評のようで何よりだ。

アリスがクッキーを食べては幸せそうな表情を浮かべるので、嬉しくなり思わず微笑んでしまう。

　そんな俺にアリスは不思議そうに聞いてきた。

「どうかなさいましたか？」

「すみません。あまりにも美味しそうに食べてくださるので、嬉しくなったのです」

「そ、そうですか。お恥ずかしいです……」

　恥ずかしそうに微笑むアリス。

　俺はそんなアリスを微笑ましく見ながら言った。

「アリスが私の作ったクッキーを美味しそうに食べてくれるだけで、頑張った甲斐があります」

「と、とっても美味しいです」

「ええ、見れば分かります」

「えへへ……」

　照れたように微笑むアリス。

　その、あまりの神々《こうごう》しさに、思わず俺は心の中でシャッターを何度も切ってしまう。

　ああ、こういうものこそ「萌《も》え」という感情なのだろうか。

　今まで生きてきて、リアルの人間をこんなに可愛いと思えたのは初めてなので、これはきっと本物の感情だろう。

偽物だとしても変わらないが、やはり、アリスのことを可愛いと思うし、愛しく思う。

そんな風にして2人でお茶をしていたが、翌日は学校なので、あまり長居できないのが少しだけ心残りだった。

1日が50時間くらいあれば、もっとアリスと一緒にいられるのになぁ……なんてことを切実に思ってしまう。

まあ、限りがあるからこそ、その時間が愛おしいのだろうし、悩みどころだが、幸せそうに俺の作ったクッキーを食べてくれて、俺の言葉に照れたような可愛らしい笑みを浮かべてくれるアリスを見ていたら、すぐにそんなことを考えるよりも、目の前の可愛いを全力で愛でようと思ってしまう。俺は結構単純なのかもしれないなぁ。

でも、アリスが可愛いから仕方ないよね！

そうして、俺はアリスを愛でることに全力を注ぐのだった。

3章　親友ができました

「おい、あれ……」

「ミスティ様とロスト様がご一緒にいますわ」

「やっぱり、婚約破棄の話は本当だったんだ！」

学校に着いてアリスと一緒に歩いていると、周りからさまざまな声が聞こえてくる。

この学校は半数以上が貴族の子供だが、残りは平民の子供なので、あの婚約破棄を見ていない者もいたが、こんな大きなニュースが広がらないわけがなく、皆が納得していた。

俺の隣にいるアリスはこの状況に苦笑しながら言った。

「なんだかすごいですね……」

「それはそうですよ。殿下の婚約者だったアリスが他の男と歩いていれば、そういう反応にもなります」

「そういうものなんですか？」

「ええ。まあ周りの反応なんてあまり気にしなくてもいいと思いますよ？　私がアリスのことを好きだという事実が伝われば問題ありません」

「エクス……」

　２人で見つめ合う。

　すると周りから「きゃー！　見てください！　ラブラブですわ！」「スゲー！　あのミスティ公爵令嬢が頬を赤くしてる！」「おいおい、マジかよ！」などといった反応があった。

　うん、気持ちは分かるけど、お前らもう少し静かにせいや。

　せっかくアリスといい雰囲気なのに、アリスは今の言葉で恥ずかしがって、視線を反らしたやんけ。

　まあ、そういう表情もいいいんだけど……

「おい！　貴様！」

　なんか聞こえた気がしたが、スルーする。

「そういえば、アリスは今日は何時に授業が終わりますか？」

「えっと昼頃には」

「おいと言ってるだろ！　エクス・ロスト！」

「そうなんですか。私も昼頃には終わるので、予定がなかったら一緒に過ごしませんか？」

「はい。もちろんです」

「聞けよ！　エクス・ロスト！」

ポンと肩を掴《つか》まれて、俺はその手を反射的に捻《ひね》っていた。

「ぐあー！　痛っ！」

「いきなり肩を掴まないでください。びっくりするでしょう」

「わ、分かった！　分かったから離せ！」

その言葉に乱暴に手を離すと、男は涙目になりながら言った。

「さっきから無視したあげくにこの仕打ち……覚えてろよ！」

「というか、どなたでしょう？」

「俺だよ！　俺！　ラクター男爵家のファン・ラクターだ！」

ファン・ラクター？　誰だっけ。

知り合いか？　エクスの記憶を探してみるか……うーん、覚えてないな。

「すみません、どなたでしたっけ？」

「お前……！　まさか忘れたのか！　俺とマリアの仲を取り持つ、って約束だっただろ！」

取り持つ？　ああ、そうか。

こいつはあれだ、マリア――ヒロインのことが好きなモブキャラ。攻略対象じゃないから全く相手にされなかった情けない奴か。

冷たくあしらわれたことをエクスに相談して、当時のエクスは「ヒロインがそんなことするわけない！」みたいな感じで、仲を取り持つことにした……うん、確かにそんな奴いたな。

「なのに……マリアは今日学校には出てこなくて、おまけに牢に閉じ込められているって言うじゃないか！　お前がいながら何をしていたんだ！」

「何をって……正気に戻って、好きな人に告白しただけですよ」

「はぁ!?」

「というか、すみません。正直、マリアとかどうでもいいですから。アリスと2人きりにしていただけます？」

その言葉に、アリスが少しだけ嬉しそうな表情をするが、対称的にラクターは顔を真っ赤にして俺に掴みかかってきた。

「ふざけんな!!　マリアが何をしたって言うんだよ！」

今にも殴《なぐ》りかかりそうなラクター。

アリスが心配そうにこちらを見ていたので、優しく微笑んでから、俺は冷たい視線でラクターを見て言った。

「例えば、他人の婚約者を手に入れるために、相手に濡れ衣を着せる女がいたら、あなたはどうします？」

「はぁ？　そんなの最低なクズだろうが！　それがどうした！」

「だから、それをやろうとしたんですよ。そのマリアって人は」

「ふ、ふざけんな！　マリアがそんなことするわけ……」

「信じる信じないは別ですが、私は事実を言っただけです。どうしても信じられないなら、国王陛下に直接謁見するなり、他の貴族に聞くなりしてください」

俺はそう言って、掴んでいる手を払ってから、アリスに笑顔で言った。

「では、教室に向かいましょう」

「はい」

「ま、待て！」

「はぁ……あのですね。今後一切私とアリスのじゃまをしないでください。私はアリスとの残り少ない学生生活を楽しみたいんですよ。それができないなら力ずくで排除します」

そう言って一度睨んでから、俺とアリスはその場をあとにする。

歩きながらアリスが心配そうに聞いてきた。

「よかったのですか？」

「何がですか？」

「あの方はマリアさんのことお好きなんですよね？　私にも原因があるのに……」

「アリスは全く悪くありません。むしろ、巻き込んでしまったことを私が謝りたいくらいです」

「そ、そんなこと……！　私こそ、エクスの婚約者になれて幸せですし……」

「ええ、私もアリスの婚約者になれて幸せですよ」

そう言うと、アリスは嬉しそうに微笑んでから、自分の言ったことを今さらながら理解して顔を赤くするのだった。

なんて可愛いのだろう。

この可愛いさは世界遺産級……いや、俺限定の世界遺産かな？

独占したいので、限定にしておく。

そんな風にして、俺とアリスは教室に向かうのだった。

◆◇◆◇◆

「ロストくん、ミスティ嬢」

教室に入ると金髪のイケメンに話しかけられる。

攻略対象のメイス王子に似た顔立ちのこいつは、確か……そう、双子の弟、第二王子のリンス・ランドリーだ。

ゲームには攻略対象としては出てこなくて、メイス王子の回想だけで出てくる設定だけのキャラだが、エクスの記憶には、普通にクラスメイトとして接している姿がある。

ぶっちゃけ、メイス王子より遥かに優秀でイケメンなのだが、そのためかメイスは弟に劣等感を抱いていて、ヒロインに攻略されたのだろう。

「おはようございます。リンス様」

「お、おはようございます」

「ああ、おはよう。それよりも、一昨日は兄がご迷惑をおかけしてすみませんでした」

そう言ってから頭を下げるリンス様。

アリスはそれを見て、慌てて止めようとする。俺はそれを制して言った。

「リンス様、頭を上げてください。あなたには何の責任もないのですから」

「しかし、僕は分かっていて、ミスティ嬢の断罪を見ていました。兄と同罪です。ロストくんがああしていなければ、兄はもっとミスティ嬢に迷惑をかけていたでしょう」

「……あの、リンス様」

アリスはしばらくためらってから、しっかりとリンス様を見て言った。

「私は、今とても幸せです。エクスに助けてもらって告白されて……すごく幸せです。確かに婚約破棄された時には少しだけ悲しくなりましたが……エクスが隣にいてくれるので、今は幸せだと言えます」

「アリス……」

俺は思わずアリスの手を握って言った。

「約束します。アリスを一生守ると」

「はい。お願いします」

にっこりと微笑むアリスに、俺はさらに心をもっていかれるが、リンス様が苦笑しながら言った。

「お2人のじゃまはしたくありませんが……もう一つの用件をお話ししてもよろしいでしょうか？」

「おっと、失礼。どうぞ」

「僕の用件は謝罪と、ロストくんへのお願いを聞いていただきたいのです」

「お願いですか？」

「ええ、僕は兄の代わりに王太子になりました」

その言葉にアリスは目を丸くするが、俺は知っていたので、特にリアクションはせずに続きを促す。

すると、なぜかそんな俺の態度を見て、嬉しそうに微笑みながら言った。

「これから先、僕にはこの国を守るために力が必要になります。なので、僕の力になってほしいのです」

「それは、側近になれということですか？」

「近いですが、強制はしません。ロストくんはこの先、おそらくお父上の後を継いで騎士団長になるでしょう。その時に、友人としてこの国を共に守ってほしい、ということです」

「なぜ私なのですか？」

そう聞くと、リンス様は微笑んで言った。

「もちろん、あなたが信頼できると思ったからですよ」

「信頼ですか？」

「ええ、ミスティ嬢を助けた時に見せた頭の回転の早さにも驚かされましたが、何より、あなたはミスティ嬢を害さない限り、この国の味方をしてくれるのではないかと思ったのです」

なるほど……兄と違って馬鹿ではないようだ。よく見てるし、冷静で、頭が切れるみたいだ。

「あと、当初の計画では、もし兄があのままミスティ嬢を断罪していたら、僕がミスティ嬢を守る予定だったのですが……まんまとその座を取られたのです」

「アリスを王妃にするという話なら、私はリンス様が相手でも抵抗させていただきますよ」

殺気を出してそう言うと、リンス様は苦笑して言った。

「もちろん、それはとうに諦めてます。ミスティ嬢のお心をあなたはゲットされた。ならば、僕は僕で、別の王妃候補を見つけるだけです」

「そうですか……確かに私は、アリスが害されない限りはこの国を守ると誓えます。リンス様が望まれるなら、側近にでも何でもなりましょう」

「ありがとうございます。では、とりあえずきちんと友人になっていただけますか？」

「そうですね……では、私のことは名前で呼んでください。あと、砕けた口調で構いません」

そう言うと、リンス様はキョトンとしてからクスリと笑って言った。

「分かったよエクス。では、僕のことも呼び捨てで構わない。むろん砕けた口調でだ。公の場以外でなら問題はないからな」

「了解だ、リンス」

そう言うと、リンスは頷いてからアリスを見て言った。

「ミスティ嬢。これから時々エクスを借りるが、問題はないか？」

「はい、お仕事なら仕方ありません」

「仕事か……まあ、時々僕の護衛を頼むことにはなるかな」

「それって、俺がやって大丈夫な仕事か？」

「むろんだ。エクスの剣の腕は、この学校では規格外に強いからな」

「剣の腕と実戦での戦いは別物だが？」

「それを分かっているなら、問題ないだろう」

「全く……分かったよ」

俺はアリスに微笑んで言った。

「アリス、というわけで時々お側にいられませんが……大丈夫ですか？」

「寂しいと言ったら、エクスはどうするのですか？」

「むろん断って側にいます」

そう言うと、後ろでリンスが苦笑したが、俺はスルーしてアリスに言った。

「私の一番はアリスですからね。アリスが望むことなら、何でもします」

「そうですか……あの、でしたら一つだけお願いが」

「なんなりと」

「さっき、リンス様と話してた時の口調と一人称が違いましたよね？　私にも、その……もっと砕けた話し方をしていただけますか？」

「この口調はお気に召しませんか？」

騎士ならこれくらい紳士がいいかと思ったのだが……そう言うとアリスは首を振って言った。

「エクスの全部を私は知りたいのです。ですから、もっと素のあなたを私にください」

「アリス……分かった。これでいいか？」

「はい」

笑顔で微笑むアリスが可愛いすぎて、こんなことでも喜んでもらえるならいいかと心から思うのだった。

◆◇◆◇◆

「エクス。少しいいか」

授業が終わり、アリスの元に行こうと立ち上がると、リンスに声をかけられた。

「どうかしたの？」

「少し気になることがあってね。外に出ようか」

「ここじゃマズい話か？」

「ちょっとね」

ここではできないような話……見当もつかないが、とりあえずアリスの様子だけは見ておきたいな。

「……分かった。だがその前に、アリスの様子を見てきていいか？」

「もちろん。あ、でも向こうも今忙しいんじゃないかな？」

「忙しい？」

「行けば分かるよ」

そう言われて、アリスが授業を受けている教室に向かう。

この学園にはさまざまな授業があるが、何を受けるかは必要に応じて変わってくる。

男女別の授業も多く、今日の授業は座学以外はアリスとは別なので、一緒に過ごせる時間が少ないのがなんとも遺憾だ。だが、こういう学生生活もあと1年もないので、それなりに楽しむしかない。

そうしてアリスの教室へ向かうと、アリスの周りに人だかりができているのが見え、俺は察した。

「なるほど……確かに忙しいわけだ」

「そりゃね。君が側にいないうちに色々聞きたいだろうからね」

アリスは一昨日、王子に冤罪で婚約破棄された。

そして物語みたいに横から俺に助けられた。

皆からしたら色々聞きたいわけだ。

「にしても、俺には誰も聞いてこないのは、人徳の差かな？」

「心配しなくても、ミスティ嬢の次はエクスに聞いてくると思うぞ？　お嬢様方はこの手の話に敏感だからね」

「そういうものか……」

しばらく終わりそうにないので、俺はリンスに続いて人気のない場所に向かう。

周囲に誰もいないことを確認してから、リンスは真剣な表情で言った。

「話したいのは兄さん、とその側近だった人たちのことなんだ」

「彼らがどうかしたのか?」

「今は大人しく自宅で謹慎しているみたいなんだけど……どうにも僕は分からなくてね」

「分からない?」

その言葉に頷いて言った。

「たった1人の平民に関わってから、兄さんと側近だった人たちは堕落を始めた。分からないのは、どうやって平民の女が兄さんたちの心をそこまで掴んだのかということだ」

「……リンスは、あの女に何かを感じると?」

「かなり変な話をするけど、笑わないでね。僕は、彼女が魔法を使えるんじゃないかと思うんだ」

「なるほど、確かに変な話だ」

魔法。ファンタジーに出てくるような超常的現象。

基本的にはこの世界も前の世界と同じく、魔法は想像の産物でしかない。

そう……一部を除いてだ。

この世界には一応魔法がある。

とはいえ、決して万能の力ではない。

いわゆる特異体質のようなもののことを魔法と定義している。

例えば、産まれながらに水を操れる力を水魔法と呼んだり、風を操れる力を風魔法と呼んだりなどだ。

また、その力も大から小までさまざまだ。

例えば同じ風魔法でも、そよ風を起こす程度のものから突風を操れるものまであるし、水魔法も少し水を持ち上げる程度から汚水を浄化できるようなマジもんの魔法まで存在する。

そんな魔法なのだが、この世界では発現した段階で秘匿の扱いになる。

向こうの世界で言う『異能力に目覚めた高校生がそれを隠す』みたいな格好いい理由ではない。軍事利用しようにも、その能力は極めて不安定であり、思春期を過ぎてから発現して一日で消えることもあれば、幼児期に覚醒して死ぬまで使えることもあるという、なんとも微妙なものだからだ。

そして、魔法は基本的には貴族の血筋に比較的多く発現する。

まあ、めったに発現しないのだが、稀《まれ》に祖父の代に発現して、孫に遺伝したりと、これもまたかなり偶発的なので、そういう体質だ、と納得することで折り合いをつけている。

おそらくリンスが言いたいのは……

「つまり、リンスはあの女が魅了魔法の使い手ではないかと思っていると？」

「あくまで可能性だけどね」

魅了魔法。異性に対して催眠効果のある力のことをそう言うらしい。

ずいぶん前に他の貴族の家で発現していたような気がするが……

「本気か？」

「あくまで可能性の一つだよ。でも、兄さんたちのあの心酔っぷりを見ると、どうにもその可能性が捨てきれなくてね」

「……陛下の意見は？」

「陛下は、あの女がその力を持っている可能性は高いと睨んでいる。おそらく無自覚に使っているのではないかと。まあ、もしそうなら大変だから、今は女性騎士に見張りをさせているそうだが」

さすが陛下だと感心するが、もしそうなら面倒なことになるな。

このまま無自覚に周囲の男を魅了すると、後々さらに大きな事件を引き起こしそうだし、下手に解放はできない。

むろん、意図的にそれができるのなら、さらに厄介なのだが……

「まあ、君がなんで彼女の魔法から解放されたのかは分からないけど……もしかしたら、君の持つ魔法が関係してるのかな？」

「身体強化がか？」

騎士団長を代々任されるロスト子爵家は、高い確率で身体強化魔法を授かることがある。エクスも使えるのだが……おそらくそれは関係ないだろうと思う。

なぜなら俺の人格になってから一度も魅了の効果がないからだ。それを考えると俺という人格が魅了魔法を無効化しているのではないかと思う。

根拠はないが……まあ異世界転生なんてとんでも現象があるんだから、魔法を無効化できてもおかしくはないだろう。

「まあ、とにかく一度調べたいから、エクスにも付き合ってほしいんだ」

「って、リンスが自分で調べるのか？　危険じゃないか？」

「僕も一応魔法が使えるし、もしもの時は、他の女性騎士と君が止めてくれると信じてるからね」

「はぁ……今朝話しかけてきたのはこの話をするためか？」

「友人になりたいのは本当だよ」

そう笑顔で言うので、俺はため息をついてから言った。

「明日でいいなら付き合おう。ただ、俺もアリスとの時間が欲しいから、長くは無理だぞ？」

「十分だよ。ありがとう」

見事に面倒なことを引き受けてしまった自分にため息をつきたくなるが、アリスの害になるなら排除が必要だろうし、ちょうどいい機会、と割りきることにした。

◆◇◆◇◆

「あ、エクス！」

リンスとの話が終わり、教室に戻ると、いまだに人々に囲まれながらアリスが、俺に気づいて近づいてきた。

その仕草があまりにも可愛いので、俺はアリスの手を引いて俺の胸へ誘った。つまり抱き締めた。

「え、エクス!?　な、なにを……」

「ごめん。あまりにも可愛いから、つい、ね」

あっちこっちで黄色い悲鳴があがる。

「きゃー！　見て見て抱き合ってる！」「アリス様がお顔を赤くして……」「なんてラブラブなんでしょう！」

俺がアリスを抱き締める光景に、皆が思い思いに騒いでいるようだが、俺はそれを全く気にせずに言った。

「嫌なら離すけど……どうかな？」

「うぅ～！　い、嫌じゃないですけど、恥ずかしいです～！」

「ならやめる？」

「……こ、このまま抱き締めてください」

「喜んで」

そうして強く抱き締めると、アリスは恥ずかしそうに俺の胸へ顔を押し付けるのだった。

そのアリスの態度の可愛さと、胸にかかるアリスの温かさに思わず悶《もだ》えそうになったのは言うまでもないだろう。

「アリス……そろそろ機嫌を直してほしいな」

お昼を食べながら、俺は隣のアリスにそう言う。

先ほど教室で牽制をかねての俺の女アピールをしてから、いかにも怒ってますよー、というようにツンとしているアリスに、内心微笑ましく思いつつ、俺は頭を撫でて言った。

「アリス。さっきはごめんね。どうしても我慢できなくてね」

「別に怒っていません……でも、いきなりその、あんなことされると、私も心の準備が……」

後半は小声になるが、聞こえてきた言葉に俺は微笑んで言った。

「ごめんね。代わりに何でも言うこと聞くから、許してくれないかな？」

「……ほ、本当になんでもですか？」

「もちろん。何でも言ってよ」

「でしたらその……あ、『あーん』というのをしてください」

その言葉に、思わずポカンとしてから、クスリと笑ってしまう。

「な、何ですか？」

「いや、可愛い要求だから嬉しくなってね。てっきり、アリスはそういうのは、あまり興味ないと思ってたから」

「わ、私だって、興味くらいあります！　淑女の前に女の子ですから……」

「ああ、アリスは可愛い女の子だからね。ちなみに他にはどんな要求があるのかな？」

そう聞くと、アリスはしばらく考えてからポツリと言った。

「その……手をつないで歩きたいです」

「よし、後でやろう。他には？」

「膝枕というのをやってみたいです」

「それじゃあ、やってくれたらお礼に俺もしてあげるよ。あとは？」

「その……今度は後ろから抱き締めてほしいです」

「うんうん」

「あと……お、お姫様抱っこなんてダメですか……？」

「うん、ぜひやろう」

そう言うと嬉しそうに微笑むアリス。

少しは機嫌が直ってきたようなので、とりあえず俺は最初の要求を叶《かな》えることにした。

スプーンで柔らかそうな野菜を掬《すく》うとそれをアリスに向けて差し出した。

「はい、あーん」

「あ、あーん……」

恥ずかしそうに俺のスプーンから野菜を食べるアリス。

しばらくゆっくり味わってから、アリスはこくりと頷くと言った。

「お、美味しいです……」

「それはよかった。じゃあ、俺にも食べさせてくれるかな？」

「え？」

キョトンとするアリスに、俺は笑顔で言った。

「アリスから食べさせてもらった方が、美味しく感じそうだからね」

「わ、分かりました」

そう言ってから、アリスも震える手でスプーンを出してくる。

俺はそれを、特に気負わずに食べてから頷き、言った。

「うん、やっぱりアリスから食べさせてもらうのが一番美味しいね」

「えへへ……」と笑うアリス。

その可愛さに俺は思わず立ち上がり、後ろからアリスを抱き締めていた。

「え、エクス!?　何を……」

「ごめん。我慢できなくてね。それに、アリスがさっき、可愛いお願いをしていたのを思い出してやったんだけど……どうかな？」

「しょ、食事中ですよ？」

「そうだね。だからすぐに戻るけど……少しだけ、今日だけこうしてちゃダメかな？」

そう言うと、アリスはしばらく迷ってから、小さくこくりと頷いて言った。

「き、今日だけですよ……エクス」

「ありがとうアリス」

そんな風にして２人で過ごす昼というのは、なんとも楽しいことこの上ない。

こんな時間が永遠に続いてほしいが、やはりそうはいかないのが世の常だ。

だから、俺はアリスともっとこんな時間を過ごせるように、これからも頑張るつもりだ。

例え、どんな障害がこの先に待ち構えていようと、絶対に負けない。

アリスを守り抜く。

もし仮に、世界がアリスを拒絶するようなら、世界とだって戦ってやる。

乙女ゲーム？　悪役令嬢？　知ったことじゃない。

アリスはアリスだ。

たった１人の、俺の可愛い婚約者だ。

この笑顔を守るためなら、どんなことでもする。

綺麗なことでも汚いことでも。アリスと一緒にいられるならする。

世間的に見れば、重くて面倒くさい男だという自覚はあるが、それでもアリスを守れるならそれでいい。いや、それがいい。

ま、結局はアリスが好きすぎるんだなぁ、俺は。そんなことを考えてしまう午後のひとときだった。

4章　ヒロイン

翌日、授業があるアリスを送ってから、俺はリンスと一緒に王城を歩いていた。

「それで、陛下に謁見《えっけん》というのは、なんでだ？」

「父上がどうしても君に会いたいと言うんだよ。理由は分からないけどね」

「陛下が直々にか……」

なんとも嫌な予感がするが、お呼びならば仕方がない。

さっさと終わらせて、アリスのところに行こう。

そう思いながら、陛下のいる謁見の間に着くと、リンスが立ち止まって言った。

「それじゃあ、ここで待ってるから、終わったら呼んでよ」

「……って、俺1人で行くのか？」

「同伴はダメらしい。それとも、僕も側にいたほうがいい？」

「そんな気色悪いことは言わないが、分かったよ」

そう言って、俺は謁見の間に入る。

えらく豪華な作りの部屋の玉座に座るのは、この国の国王陛下であるデウス・ランドリー様だ。国王陛下は、俺が部屋に入ると、厳《おごそ》かな口調で言った。

「待っておったぞ、エクス・ロスト子爵子息……いや、その皮を被った別人か」

その言葉に、俺は内心でため息をついてしまう。

やはり、見破られているようだ。

だが、それを表に出すわけにはいかない。

俺は臣下の礼を取って言った。

「陛下。この度はこのように拝謁の栄誉を賜り、恐悦至極でございます」

「うむ」

「そして、先ほどの発言に関してですが、私はロスト子爵家のエクス・ロストですので、偽者呼ばわりはお止めください」

「ほう？」

面白そうに笑う陛下。

分かっていて楽しむようなこの態度は頭にくるが、目上の人間なので我慢して言った。

「私はロスト子爵家の次期当主としての誇りを持っております。いくら陛下とはいえ、そのような発言は容認しかねます」

「私に対してそこまで口が回る時点で、すでに自白しているのと同じだと分かっておるのか？」

「陛下……私はミスティ公爵家のアリス・ミスティに叶わぬ恋慕《れんぼ》を抱いておりました。それが叶って、人として成長したとは考えられませんか？」

そう言うと陛下は、くっくっと笑ってから言った。

「あの展開は私としても計算外だったが……面白いから許そう。貴殿があのボンクラ息子から女を奪ったのは、余興としては悪くなかった」

「お戯《たわむ》れを」

「まあ、あれを王位継承者から降ろしてリンスを王太子にできたのは、結果から言えば正解だった。どのみち、あの程度の小娘にたぶらかされるような愚かな男には、この国の王は務まらんからな」

自分の息子に対してここまで言えるとはすごい……だが、この人はやはり国王としてはそれなりに優れているようだが、父親としてはあまり優れているとは言えなそうだ。

まあ、それが貴族と言えばそれまでだが……

「そのようなことを仰るために私を呼び出されたのですか？」

「ほほ、なに。貴殿が面白そうだから、一度話をしてみたくてな。それにミスティ嬢と婚約できたということは、ミスティ公爵を説得できたということだろう？　あの堅物《かたぶつ》をどのような手段を持って説き伏せたのか興味があってな」

どのような手段と言われても……斬られそうになっただけだけど、そのまま伝えても納得はしないだろう。

さて、そうなると、どのような答えがベストか？

「アリスへの想いをミスティ公爵にお伝えしただけです。特別なことは何もしておりません」

「なるほど、熱烈な愛の告白をしたということか」

「間違いではありませんが、誤解を生む発言はお控えください。私が愛しているのはアリスただ1人ですので」

さっきの文脈だと、俺が公爵に愛を伝えたみたいに聞こえるからね。

冗談じゃないよ。あんな堅物、アリスの父親じゃなければ関わるのもごめんだ。

それに俺には同性愛の素質はまるでない。

確かにこの世界には、同性婚や近親婚の規制はないらしいが、俺はそちらの道にはいかない。

俺が愛しているのはアリスだけだ。それは譲れない。

「まあ、冗談はさておき、貴殿に頼みがあってな」

「頼みですか？」

「ああ。愚息をたぶらかした小娘にこのあと会うのであろう？　その時にリンスが少しでも危なかったら必ず守り抜け」

先ほどまでと違い、本気の表情をしている陛下。俺はそれに頷いてから聞いた。

「できるだけのことはいたしますが、陛下はあの娘の処分をどうなさるおつもりですか？　いえ、娘だけではなく、メイス様の処遇もどうなさるのです？」

「決めかねてはいるが、娘は最悪処刑、よくてもこのまま軟禁であろうな。魅了魔法がもし本当にあるなら、あのまま放置はできぬからな。馬鹿息子も、今は大人しいが、いつあの娘と逃亡を計ってもおかしくはない。下手なことはしないと思いたいが、彼奴《あやつ》はすでに王位継承権を失い、王族の中でも最底辺の存在だ。だからこそ油断はできぬ」

つまり、このまま行けば最悪ヒロインは殺されるのか。よくても軟禁。

もし魅了魔法なんてものがなければ、もう少し穏便に国外追放とかですんだのかな？

まあ、俺には関係ないけど、それにしても王子や他の攻略対象の動向も気がかりだな。

ただヒロインを助けるだけならいいが、下手に殺したりしたら、飛び火でアリスに被害がいきかねない。

正直、ヒロインの生死などどうでもいいが、アリスにとばっちりがいくのだけは許せない。

俺がなんとかするしかないのか。

そこまで考えてから、ため息をつきながら俺は言った。

「分かりました。いざとなったら何としてでも、リンス様は守りましょう。ただ、簡単に処刑はしないでください。その恨みが俺に向けられるのは構わないのですが、アリスにまで被害が及んでは、たまったものではありませんから」

「貴殿ならそう言うと思っていた。頼んだぞ」

最初からこの人の手の内なのか、と思うとため息が出るが、仕方ないと諦めて、早く終わらせることにした。

早くアリスに会いたい……。

◆◇◆◇◆

「やぁ、どうだった？」

謁見の間から出ると、爽やかにそう聞いてくるリンス。俺はため息をつきながら言った。

「散々からかわれた」

「そこまで父上がフレンドリーだったのなら、問題はなさそうだね」

「あと、お前のお守りを頼むとさ」

そう言うと、リンスは苦笑しながら言った。

「ああ見えて過保護だからね」

「過保護ねぇ……」

まあ、親としてリンスが普通に可愛いのもあるのだろうが、王太子として大切な存在だからなのだろうと思う。

そうしてリンスと話しながら、俺たちはヒロインがいる牢へと向かう。

普通の牢とは明らかに違う作りのそこは、女性騎士を中心に警備されていた。リンスの姿を見かけると見張りの騎士が慌てて臣下の礼を取る。

「殿下。このような場所ですがお目にかかれて恐悦至極です」

「楽にしてくれ。君達の仕事のじゃまをするつもりはないからな」

「は！」

すごいな、このイケメン度合い。

女性騎士たちが嬉しそうにしているので、リンスの人気はやはりすごいと思っていると、リンスは俺を見て言った。

「さて……これから何がおこるか分からない。準備はいい？」

「今さら聞くか？　それより自分の心配をした方がいいだろ？」

「うん。だから聞いたんだよ。僕がダメになったら、君と彼女たちに頼むことになるからね」

「ま、できることはするさ」

俺としても知り合いを手にかけるのは嫌なので、できることはしよう。

まあ、アリスのためなら、わりとためらいなくできる気はするけど、アリスを理由にして殺すのはあまり気持ちよくないだろうからな。

矛盾しているけど、その2つの気持ちが混じっているので仕方ない。

でも、いざとなったら、何よりもアリスを守ることを優先するけどね。

そんなことを考えながらヒロインがいる牢の前に立つと、女性騎士が呼びかけた。

「おい。貴様に客だ」

「何よ……全く」

そう言ってからこちらを見て俺の姿を確認すると、ヒロインはすぐさまか弱い表情を浮かべて猫なで声を出して言った。

「エクスさん！　助けにきてくれたのね！」

信じていたわ！　みたいな表情を浮かべているので、どうしようかと思っていると、リンスが横から声をかけた。

「残念ながら、彼は君を助けにきたわけではないよ」

「何よ、あんた」

「僕はランドリー王国の第二王子、リンス・ランドリーだ。君がミスティ嬢から奪おうとしたのは僕の兄なんだが」

「リンス……そう、あなたが」

ニヤリと笑ってから、ヒロインは妖しげな雰囲気を醸し出す。

これはヤバイか。そう思って止める前にヒロインは言った。

『リンス様、私を助けて』

「……！」

その言葉にリンスが反応する。

何かを抑えるようにしてから牢にゆっくりと近づき、牢を開けようとするが、俺が横からタックルをかけることで阻止した。

「ぐっ……！　な、何をするエクス」

「意識はハッキリしてるか？」

「なんだかえらく心地よい気持ちが君のタックルで消えたのが分かったよ……もしかしなくても、僕は魅了されかけていたのか？」

「多分な」

確証はないが、リンスの反応からして、魅了魔法の可能性は高くなった。

しかも厄介なことに意識してできるようなので、下手に近づけないことがハッキリした。

とはいえ、俺には何の効果もなかったように感じた。魅了魔法はそこまで効果が大きくないのか？　もしくは、名前を呼ばれるとヤバいのか？　分からないことは多いが、とにかく……

「とりあえず、お前はもうやめた方がいい。あそこまであっさりと魅了されると、使い物にならない」

「辛辣《しんらつ》だね。だけど正論だ。任せてもいいかな？　僕は君のタックルのダメージを回復させるから」

「何気に根に持ってるだろ？　ま、とにかくやれるだけのことはやるさ」

そうしてリンスを女性騎士に預けてから、俺は再びヒロインと対面する。

「さて……こんにちはマリアさん。いや、マリアに転生した別の人かな？」

その言葉にヒロインは目を細めて言った。

「あなた、本当にエクスさんなの？」

「さて、君がマリアじゃないように、俺も違うかもしれないね」

「そう……あなたも転生者なのね。私の魔法が効かなかったのは、何か仕掛けがあるのかしら？」

やはり自覚して使えるようだ。

つまりヒロインは、この魔法で意図的にアリスを追い落とそうとしたということだ。

明確な敵だが、事情は聞くべきだろうか？

「その前に質問だ。お前は乙女ゲーム『ラブリー☆プリンセス』を知っているんだな」

「ええ。もちろん」

「……アリスに罪をかぶせたのは王子を奪うためか？」

そう聞くとヒロインはポカーンとしてから笑って言った。

「まさか！　そんなわけないでしょ。あんな面倒な男に興味はないわよ。私が本当に攻略したかったのは隠しキャラよ」

「隠しキャラだと？　逆ハーレムまで作ることが条件なのか？」

「その様子だと知らないみたいね。もしかして、あなたがやったのは移植前のゲームかしら」

移植前……つまりこのゲームは何らかの形で移植されてルートが増えたのだろうか？

だとしたら、俺が知らない隠しキャラというワードも説明がつく。

「悪役令嬢の執事が隠しキャラなのよ。だから一度婚約破棄のイベントを起こさなきゃダメだったの。もちろん、悪役令嬢には穏便に退場してもらうつもりだったんだけど……見事に失敗したのよね」

「なるほど、自覚して演じていたわけか」

「当たり前でしょ？　まあ、魔法なんてとんでもない力があったからこそ、こうやって有効活用したわけなんだけど……まさかエクスだけ解けるとは思わなかったわ」

なるほど、決して馬鹿ではないみたいだ。

おそらく、アリスの断罪の時にでも涙目で助命を訴えて、攻略対象の好感度をさらに得ようと思っていたのだろうが、それでもアリスをはめようとしたのは変わらない。

しかし、転生者で、しかも俺の知らない乙女ゲームの知識もあり、魅了魔法という厄介な力まで持ってる。

となると、最善の方法は……

「ヒロインさんや。俺と組む気はあるか？」

「組む？　あなたに協力しろというの？」

「ああ。具体的にはだな……アリスのメイドにならないか？」

その言葉にヒロインは眉を顰《しか》める。

「私が悪役令嬢のメイドに？」

「ああ」

「正気なのかしら」

少ししてから、クスリと笑うヒロイン。

俺はそのヒロインを見ながら言った。

「お前は転生者だ。しかも乙女ゲームの知識もあり、魔法も使える。本来なら殺すのが手っ取り早いが、少なくとも協力関係は作れる、と思ってな」

「私が裏切って、男を魅了してこの国を乗っ取るとは思わないの？　もしくは悪役令嬢の父親なりを魅了して、悪役令嬢を追放するかもしれない」

もちろんその可能性が全くないと言えば嘘になる。だが……

「アリスのメイドになることで、お前は隠しキャラとの接点を作れる。さらに周りの体裁的には、お前はアリスへの罪滅ぼしとして仕えることにすれば、不自然には思われない。最初の一つだけでも、お前には魅力的だと思うが？」

「ふふ、そうね。確かにこのどん底から彼との接点を作れるところまで行ければ、かなりプラスね」

「ああ、一応言っておくと、アリスに何かあれば、迷わずお前を斬るから」

そう言うとヒロインは、しばらくポカーンとしてから笑って言った。

「本当に悪役令嬢が好きなのね。気に入ったわ。ま、私も悪役令嬢のあの子のことは結構好きだし、分かったわ。協力しましょう。でも、あなたの意見だけで私はここを出られるのかしら？」

「大丈夫だ。というか、俺の考えが間違ってなければ１００％いけるだろう」

「どういうこと？」

「そうだな……じゃあ、聞くが、わざわざお前の処遇のために、なんで俺と王太子のリンスが来たと思う？」

そう聞くと、ヒロインはしばらく考えてから答えた。

「私の魔法に耐性のあるあなたと一緒なら、影響を受けないか、という実験かしら？」

「そんなことはおそらく自分の息子にさせないさ。それにお前のその魔法は、他の貴族ですでに発現しているもの。わざわざ調べなくても記録ならあるだろう」

「確かに。となると、別の目的で彼は来させられたのかしら？」

「ま、そうだな」

何もかもあの狸《たぬき》な国王の手のひらの上なのは頭にくるが、仕方ない。

「おそらく、あの国王は、お前を有効活用する方法を、俺とリンスに調べさせるつもりだったんだろう。次期国王のリンスと、その懐刀で次期騎士団長の俺にな」

「私の有効活用？」

「そうだ。まあ、お前の魅了魔法もだが、おそらく国王は、お前の演技を見抜いていたのだろうな」

そう考えると、婚約破棄の時の国王の態度も納得はできる。

最初から道化だと分かっている相手に、息子が堕落する姿を見る。

なるほど趣味が悪いが、いかにもあの狸国王が考えそうなことだ。

「つまり、私はどのみち利用されるのね」

「そうなるな。俺の誘いを断れば、色仕掛けの要員として外交官でもやらされるんじゃないか？　そうなれば他国の王子とのコネはできるだろうが、隠しキャラとは遠くなるな」

「つまり、私が望む結末に近づけられるのは、あなたしかいないと」

「そうなるな」

ヒロインはしばらく考え、ため息をついて言った。

「あーあ。せっかく乙女ゲームのヒロインというポジションを手に入れたのに、まさかこんなことになるなんてね」

「電波系になって、断罪された方がマシだったか？」

「冗談。まあ確かにぽわぽわとしたヒロインを演じていた腹黒だけど、電波系にはなれないわ」

「どうせなら見てみたかったけどな。電波な反応」

からからと笑ってからヒロインは言った。

「それこそキャラじゃないから。それにしても、あんたも大概よね。転生したのっていつなの？」

「婚約破棄の真っ最中」

「マジで！　うけるー！」

「そうか？　お前はいつなんだよ」

「私は子供の頃だよー。だから精神年齢はかなりいってるけどね」

ヒロインは地面に座り込んで言った。

「ねぇ、あんた怖くなかったの？　いきなりの異世界転生で」

「怖い、か。それは感じたことはなかったな」

「呑気《のんき》ね。私はすごく怖かった。だって、さっきまでいた世界と全く違う場所にいるんだもん。拉致《らち》と一緒だよ。ほんと、異世界転移とどっちがいいんだろうね」

「さてな。ただ、俺はアリスを救えるなら、どんな形でもよかったからな」

きっと、誰に転生しようと、俺はアリスを助けただろう。

大好きなキャラだからではない、大好きな人だからだ。

それは断言できる。

アリスのためなら何でもするし、アリス以外には逆に興味は薄い。

基本的にアリスありきの考え方になってしまうのは仕方ないだろう。

「そっか、そこまで想われているなんて、彼女も大変ね」

「重いことは自覚してるさ」

「そうなの？　だったら自重したら」

「アリスの可愛さの前では意味ないからな」

「ノロケならお断りよ」

そう言いつつ、ヒロインはポツリと言った。

「羨《うらや》ましいわ……あなたみたいに本音で生きられるのが。同じ腹黒なのに、なんでこうも違うのかしら」

「勝手に腹黒にカテゴリーするな」

「違うの？　少なくとも悪役令嬢には隠してるんでしょ？」

「まあな。俺は重いからな」

「そういうのも背負ってくれそうよね、あの子。と、そういえば、私はあの子のメイドになるんだったわね」

パンパンと埃《ほこり》を払ってから、俺に手を出してくるヒロイン。

「この手は？」

「協力のための握手よ。あの子のメイドになってあげるわ」

「そうか。よろしくな。ただ、もしもアリスに何かあったら、マジで許さんから、それは覚えておいてくれ」

「怖い怖い」

クスリと笑いながら、俺とヒロインは握手をするのだった。

◆◇◆◇◆

ヒロインと手を結ぶことにしてから、俺は国王陛下、ミスティ公爵、リンス、その他もろもろに手を回して、ヒロインがアリスのメイドになれるよう準備を整えた。

リンスは、俺が魅了されたのではないか、と最初のうちは心配していたが、アリスとのエピソードを延々と聞かせて安心させた。

なお、苦笑気味だったのは言うまでもないだろう。

「私に新しい侍女ですか？」

「ああ。アリスが知っている人物なんだが、嫌なら断っても構わない。本人が罪滅ぼしをしたい、と言っていてね」

「私の知る人物、罪滅ぼしですか？」

キョトンとするアリス。

そんな表情も可愛いが、今回ばかりは俺も自重して、目的の人物を手招きする。

「出番だぞ」

「はいはい。全く……」

「えっ？」

メイド服を着たヒロインの登場で、アリスは思わず固まってしまう。

俺はアリスの隣に移動すると、その手を握り、優しく言った。

「大丈夫。一応無害だから。それにもしも何かあれば、俺がアリスを守るから」

「エクス……ありがとう」

何度か深呼吸をしてから、アリスは俺の手を強く握り返し、ヒロインを見て言った。

「お久しぶりです、マリアさん。夜会以来ですね」

「ええ。あの時はごめんなさいね、アリスさん」

「いいえ、マリアさんがメイス様を手に入れるために色々していたのは分かっていました。気づいていながら何もしなかった私にも非はあります」

そんなことを言うアリス。

やはり、アリスは頭の回転が速い。

あの状況になった過程をおぼろげながら察しているようだ。

賢くて可愛いとか、マジで最強すぎじゃね！

こんな嫁さんを手に入れるチャンスを逃したあのボンクラ、ざまぁないな。

うん、いやマジで。ヒロインもアリスのその言葉に驚いたような表情を浮かべてから、クスリと笑って言った。

「さすがはアリスさんね。エクスさんがあなたに惚れた理由も分かったわ」

「ほ、惚れ……」

「当然だ。俺のアリスだぞ？」

「はぅ……」

顔を真っ赤にするアリス。この可愛いさを心に残しつつ、俺はヒロインを見て言った。

「アリスを可愛がるのは俺の特権だ。取らないでもらおう」

「あら、これから私が仕える主なのよ。私にも分けてよ」

「それはアリスが認めてからだ。それにアリスの侍女になるなら、もう少し口調を抑えてはどうだ？」

「そうね……どうかしら、アリスさん」

そう聞くとアリスはしばらくしてから、こほんと咳《せき》をして言った。

「エクスが言うなら私は従います。口調も公《おおやけ》の場でなければ黙認しましょう。ただ一つだけ条件があります」

「伺いましょう」

「エクスとあまり親しくしないでください」

その言葉に、俺は思わず内心、喜んでしまう。

え、もしかして、してなくても嫉妬？　嫉妬なのかな？　だったらめちゃくちゃ嬉しい！

独占欲とか、超、俺好み。

今のアリスも大好きだけど、アリスにはヤンデレ方面に特化してほしいくらいだ。

むしろヤンデレになったら、俺は今以上にアリスを愛してしまって、ヤバくなるだろうという確信がある。

と、そんなことは顔には出さずにイケメンスマイルをしていると、目の前のヒロインはしばらくポカーンとしてから笑って言った。

「本当にエクスさんのことが大好きなのね。同じ女なのに、私もあなたのことを大好きになっちゃいそう」

「ははは。友情や主従愛までなら許すが、それ以上になったら、斬るからな」

「そんな爽《さわ》やかな笑顔で言わないでよ。全く……呆《あき》れるくらいにラブラブね」

当たり前のことだ。

俺とアリスはいつでもラブラブだからな！

それに、爽やかな笑顔って、アリスの前だから醜い姿は見せられないさ。

実のところ、もし百合フラグが立ったら、まず間違いなく嫉妬で斬るだろう。

ヒロインはしばらく笑ってから、ゆっくりとアリスに近づいた。そして片膝を折り、従者の礼を取って言った。

「アリス・ミスティ様。あなたのお側に仕えることを、どうかお許しください」

「先ほどの誓いが守れるなら、許します」

「誓います。ただ、あなたのことをエクスさんに報告する必要があるので、それだけは納得してください。仕事ですから」

「……お仕事なら仕方ないです。でも、本当にエクスとハレンチなこととかはダメですからね！」

「具体的には？」

「そ、それは……て、手をつないだり、お互いに確かめ合うように名前を呼んだり、き……キス、をしたりとか……」

最後の方は小声になるが、バッチリと聞こえたので、心のボイスレコーダーとムービーに記録して保存をする。

すごい。俺のアリスラブフォルダーがどんどん埋まっていく。

これはそのうち容量を増やすしかないな。方法は分からんけど。

アリスの言葉にヒロインは苦笑してから頷いた。

「もちろんそんな真似はしませんよ。私にはエクスさんは重すぎるので」

「え、エクスは重くなんてないです！」

「ふふ、だといいですね」

「もう、全く……マリアさんは意地悪ですね」

「マリアで構いませんよ。私はアリス様って呼ぶべきですかね？　もしくはお嬢様とか？」

「お好きに。でも、2人きりの時は今まで通りで構いませんよ」

アリスの言葉に、ヒロインはしばらく考えてから頷いて言った。

「分かりました。お嬢様」

「ええ、よろしくね。マリア」

こうして、ヒロインが悪役令嬢のメイドになるという、まさかの事態が発生したわけだが、アリスの側に乙女ゲームの知識を持つ人間を配しておけば、それだけイレギュラーが起きても対応しやすいというものだ。

俺としてはもうないとは思うが、こういう時に限ってイレギュラーは起こったりする。

例えば、そう……俺は知らないけど、続編があるとかね。

ヒロインがアリスの侍女になったことで、ヒロインの問題は、ひとまずは半分くらいは解決したと言える。

しかし、それではダメだ。

彼女の問題を完全に解決しないことには、ヒロインを１００％は信用できない。

なので、俺はミスティ公爵家の、とある使用人を訪ねていた。

「監視……ですか？」

「ああ。君に頼みたい。ベリス」

ミスティ公爵家の執事ベリス。

ミスティ公爵家において、執事長からの厚い信頼があり、同年代ということでアリスの執事も兼任している彼に頼むのは、ヒロインの監視任務。

なぜ彼に頼むのか。

それは、彼がヒロインの言っていた「隠しキャラ」だからだ。

当然、面識は少ないので、ベリスは困惑気味だった。

◆◇◆◇◆

「あの、なぜ私を選ばれたのでしょうか？　そもそも、あの新しい侍女を連れてきたのはロスト様ですよね？」

「そうだな。一番の理由は、君がアリスの執事だからだ」

「執事と言ってもお飾りですよ？　アリス様のスケジュール調整を多少したり、男の護衛でお側にいるくらいです。まあ、護衛はロスト様が婚約者になってから、不要の時間が増えましたが」

そう、俺という戦力が側にいる機会が増えたので、護衛のローテーションがずいぶんと楽になったようだ。

まあ、あまり自己評価を高くしたくはないが、客観的に見て俺は騎士団長クラスの実力はすでに持っている。

護衛の質としてはまさしく上級な俺なのだが、実はこの執事さんもバトル方面には、それなりに精通しているのだ。

戦えるうえに、仕事もできて、さらにイケメン……って、ハイスペックすぎて若干イラッとするが、大切な駒なので、上手くコントロールしないとな。うん。

「とはいえ、私も常にアリスの側にはいられない。大変遺憾だがな。だからこそ君に頼みたいんだ」

「……あの侍女が魔法を使えるかもしれない、という噂と関係のある話ですか？」

「ほう、その噂はどこで聞いたんだい？」

「執事長が話してましたよ」

おそらく公爵経由なのだろうが、わざとか？

あの公爵が、親しい者とはいえ、簡単に情報を漏洩するとは思えない。

おそらくはヒロインへの保険なのだろう。

魅了魔法には、同性に対しての効果はほとんどない。

使用人同士が気にかければ、多少は対処できるだろう。

俺はベリスの言葉に頷いた。

「なるほど、知っているなら話が早い。あの侍女は魅了魔法が使えるんだ」

「魅了魔法……なるほど、だから殿下や側近の方々が堕落したのですね」

「さりげなく私を揶揄《やゆ》しているのか？」

「いえ。そういえば、ロスト様はどうやって魅了魔法を防いだのですか？」

そう聞かれて、俺は少しだけ考えてから言った。

「愛の力と言えば納得するか？」

「お戯れを、と言いたいですが、あながち嘘にも聞こえないのが怖いですね。最近のロスト様とアリス様を見ていると」

「そんなにか？　私としてはまだ足りないのだが」

「あれでですか」

かなり驚いた表情を見せるベリスだが、足りるわけがない。

いくら愛でても足りない。時間が永遠にあればいいのにと思うくらいだ。

というか、多分俺はアリスがおばあちゃんになっても、今の態度が衰える気がしない、というのが本音だったりする。

アリスという存在を愛しすぎる故に、想いのリミッターが振りきれてるこの現状。

アリスのヤンデレ化よりも、俺のヤンデレ化が先な気がして仕方がない。

手遅れかもしれないが。

「まあ、それはともかく、君に頼みたいんだ」

「魅了魔法なら男の私は不利ではないですか？　それこそ他の侍女に頼む方がいいと思いますが」

「もちろんそれは選択肢の一つではある。一応手は打ってあるが、しかし、あの侍女にはあの侍女の目的がある。だからこそ不測の事態に備えて一人でも味方が欲しいんだよ」

ヒロインを信じていないわけではない。

同じ転生者だし、同じジャンルの人間として、シンパシーも感じる。

だからこそ警戒もするのだ。まあ、大きな目的は別にあるが。

「……一つだけ伺ってもいいでしょうか？」

「答えられることなら構わない」

「もしかしなくても、私はスカウトも同時に受けていると認識してもいいのですか？　アリス様の嫁入りの時のための」

「ほう、察しがいいな。まあ、私としても優秀な人材は欲しいのだよ」

アリスがロスト子爵家に嫁入りする時に、何人か引き抜く予定なのだが、そのうちの一人には目の前のベリスも含まれている。

公爵からの了承は問題なく取れるだろう。

そういう契約を裏でしているから。

しばらく考えてから、ベリスはため息をついた。

「拒否権はないのですよね？」

「拒否しても構わないが、アリスが嫁入りの時に寂しい思いをすることになるな。それは私が許さない。だから、どうなるかは想像がつくな？」

「それ、完全に脅しですよ？」

「まあ、その件はおいおいで構わない。監視の任務を受けるかどうかを決めてほしい」

俺の言葉に、ベリスは苦笑しながら言った。

「本当にすごいお方ですね、ロスト様は。分かりました。できることはしましょう。でも、魅了魔法を使われたら対抗できませんよ？」

「その時は諦めて犠牲になってくれ。なんて言いたいが、むしろ君に彼女を魅了してほしいくらいだ」

「それはまた……えらくハードルが高いですね」

「もちろん無理にとは言わない。それくらいの気持ちで監視してほしいのだよ」

あのヒロインはおそらく、ぐいぐいベリスに接近してくるだろう。

そのチャンスを増やすために、こうして監視という口実を作り、２人が結ばれれば、そのまま我が家に引き抜いて、ミッションはコンプリート。

不本意ながらヒロインの手助けが、一番アリスの安全につながるので仕方ない。

俺の思惑通りに了承してくれたベリスに頷いてからも、俺の悪巧みは続くのだった。

5章　決闘と人材確保

「おい、あの侍女って、確か……」

「えっ、嘘、本当に？　なんであの人がミスティ様とロスト様とご一緒に」

「あいつ確かミスティ様からメイス殿下を奪った魔女だろ？　なんでミスティ様の侍女になってるんだ？」

そんな声が周りから聞こえてくる。その声にアリスは苦笑しながら言った。

「予想通りすごいですね。私がエクスの婚約者になった時と同じくらいでしょうか？」

「まあ、それはそうだ。婚約破棄事件の被害者が加害者を使用人として雇ったとなれば、当然こうなる」

想定通りの展開なので、俺は特に気にせずに答える。

その俺の言葉に、後ろから非難が飛んでくる。

「加害者と言っても未遂でしょ？　それなのになんで、こんな公開プレイをさせられるハメになるのかしら」

「まあ、罰の一つだと思ってくれ。それに未遂どころか、思いっきり計画的犯行だろうが。あと、アリスの前でプレイとか言うな」

「細かい男ですこと。まあいいけどね」

ヒロインを連れてこないという選択肢もあったが、どうせなら不穏分子を早めに潰《つぶ》しておきたいという目論見《もくろみ》もあった。

また、これはある意味、皆からのアリスの心証を少しでも上げるための手段でもある。

今のアリスは、婚約破棄の被害者で、悲劇のヒロイン。

そして俺に救われた注目の人物だが、それだけだ。

だから、自分の敵だった相手でも受け入れる懐の深さ、慈悲深さをアピールしたい、という目的もある。

一歩間違えばただの甘い人間だろうが、そうとらえる人間がいるなら、それはそれでいい。

もしアリスをそうとらえて近寄ってくる蝿《はえ》がいたら、そいつを潰すのは俺の役目だ。

「でも、エクス。本当に連れてきてよかったのですか?」

「何か不安でもあるのかい?」

「ほら、前にエクスに絡んできたような人がまた来ないか、心配で……」

「ああ、問題ないよ。それなら……」

「エクス・ロスト!」

そんなことを思っていると、予定通りの人物が一番に突っかかってきた。俺は今度は彼に穏やかに微笑んで言った。

「おや、これはフォンなんとか男爵子息さん。こんにちは」

「誰がフォンだ！　ファン・ラクターだ！」

「失礼。アリス以外に興味がわかないものですから、つい」

「ついじゃねぇよ！　どうやったら間違えるんだよ！　いや、そんなことより……」

そう言ってから彼は、ヒロインに視線を向けて言った。

「なんでマリアが使用人の格好をしているんだ！」

「なんで、って、使用人だからですが、何か？」

「ふざけるな！　お前は彼女に冤罪をかけただけではなく、あまつさえ使用人の格好をさせて辱《はずかし》める始末……もう黙っていられない！」

腰の剣を抜き俺に切っ先を向けて、睨みながら彼は言った。

「俺と勝負しろ！　正々堂々一対一でだ！　俺が勝ったら彼女を解放しろ！」

「こちらには何のメリットもありませんが、では、私が勝ったらどうなさるつもりですか？」

「その時は貴様の奴隷にでも何でもなってやる！」

本当に……あまりにも想定内の反応に、俺は思わずため息をつきたくなるが、なんとか堪《こら》えて頷いた。

「では、私が勝ったら何でも言うことを聞いてもらえると？」

「ああ！　だが、貴様は俺の剣で斬るから、その想定は無意味だ！」

「では、今日の放課後にでもやりましょうか。ここでは何かと目立ちますし、学校の訓練所で待ち合わせましょう」

「望むところだ！　首を洗って待っていろ！」

そう言って離れていく哀れな道化に思わず内心で合掌していると、アリスが心配そうに聞いてきた。

「よかったのですか？　あんな約束をして……エクスが危ない目にあうのは私、嫌です」

「心配しなくても大丈夫だよ。どのみち遠くないうちに、彼は俺に仕掛けてきただろうからね」

「マリアのこと、ですか？」

「ああ、それに付随する、決して報われない想いに取りつかれている、ってところかな？」

「決して報われない想い……」

「ああ。俺も一歩間違えば彼のようになっていただろう。相手のことをまるで考えない一方通行の想いというのは、時に狂気をはらむものだからな」

自分の気持ちを優先するあまり、暴走する感情。

抑えきれない想いは、時に悪い方へ転がりやすい。ストーカーや変質者はその最たるものだろう。

自分の想いを優先するのは、決して悪いことではない。

しかし、それを相手に向けた時、受け入れてもらえるかどうかは別の問題だ。

アリスは俺の手をそっと握り、照れながらも俺の目を見て言った。

「私はエクスの想いは全部受け入れます。絶対に。だから大丈夫です」

「ありがとうアリス。ちなみに俺は、アリスの想いを受け入れるだけではなく、それを具体的な形で表現するよ。こんな風にね」

そう言って俺は、握られている手を重ねて、いわゆる恋人つなぎにする。

アリスはそれに驚いたように目を丸くしたが、嫌そうではなく、むしろ恥ずかしいけど嬉しい！　みたいな表情を浮かべたので、俺はその場でアリスを抱き締めたい衝動を抑えるのにいっぱいいっぱいだった。

まあ、そんなラブラブな俺たちの様子を見てきゃーきゃー言っているギャラリーと、後ろで苦笑いを浮かべるヒロインがいたことは、この際、考慮しない。

俺の想いは決して間違ってないからだ。

◆◇◆◇◆

「なるほど、今朝の騒動も、やっぱり君の仕業か」

アリスと違う授業で寂しい思いをしている俺に、リンスは苦笑して言った。

「あの女を罰せず使用人にする、と聞いてから、何をするのか気になってたけど、今のところは君の想定通りなんだろう？」

「人を腹黒みたいに言うなよ。まあ、予想の範囲内なのは否定しないが」

「なぁ、聞いてもいいか？　なんであの女を彼女の使用人にしたの？　君なら分かってるでしょ？　彼女がどれだけ危険なのか」

理由か……まあ、確かにヒロインは何かと危険な存在だ。

しかし、それ以上に厄介な情報をヒロインから得たことで、彼女の危険性は限りなく低くなった。

聞けば、なんと俺が知る乙女ゲーム『ラブリー・プリンセス』には、続編とアナザーストーリー、そして共通の世界観で繰り広げられる多数の外伝作品があり、ヒロインもその全てを把握しきれていないという。

乙女ゲームのメディア展開の広さには呆れてしまうが、呆れてばかりもいられなかった。

ヒロインも攻略対象も別人、しかし悪役令嬢はアリスというゲームもいくつかあるそうだ。なかには俺、エクスが攻略対象のゲームまであるという。

本編で不人気なキャラにまで光を当てるメーカーの商魂には脱帽だ。しかし、アリスを守るのに俺が大きなハンデになるのは厄介だ。

まあ、乙女ゲームのことはさて置いておいても、ヒロインを仲間に引き入れておけば、後々プラスになるだろう。

本当は物語みたいに、ヒロインに「ざまぁ」して、断罪すればよかったのかもしれないが、結果を求めるなら、それは無意味だ。

そうしてスッキリしたところで、アリスの辛かった記憶が消えるわけではない。

しかし、アリスがヒロインに悪感情を持っていないことは、夜会ですでに分かっていた。

アリスは決して他人を恨んだりしない。

いつも自分のせいにして自分を追い詰めてしまう。

だから俺は、彼女を本当の意味で守りたいのだ。

まあ、そんなことをリンスに言えるわけもなく、俺はしばらく考えてから普通に答えた。

「魅了魔法という手札が増えれば、いざという時に役立つ。それにあの女は演技も上手い。そういうトリッキーな手札があればアリスを守りやすいからな」

「あくまでも、ミスティ嬢がメインの考えなんだね、エクスは。本当に、ミスティ嬢絡みだとどこまでもするよね」

「当然だ。俺はアリスの婚約者だからな」

「あーあ。僕も早く婚約者を見つけたいけど、これればかりは父上次第だからなー」

まあ、リンスほどの地位ならば、政略結婚が当たり前なのだろう。

本当はアリスを婚約者にするつもりだったみたいだけど、俺が先に手をつけたから向こうも諦めたのかもしれない。

もし、あの王様が暴君だったら、アリスを無理やり取られていた。そうなっていたとしたら、駆け落ちして2人で慎ましく生活しただろう。

むしろ、アリス的にはそういう駆け落ち展開に憧れているような節がある。やはり普段から抑圧されているんだろうか？

2人きりだと、だんだん甘えるようになってきているアリスに、俺はかなりの満足感を抱いている。

「まあ、リンスにも早くいい人が見つかることを祈るよ。そういえば、リンスの好みのタイプってどういう人？」

「好みのタイプ？　異性のだよね？」

「同性に興味があるならそれでもいいが、俺は少しだけお前との物理的な距離が開くだろう」

「なんだか誤解されているけれど、僕は違うよ。でも、物理的な距離だけなんだ？」

「それはそうだろ。どんな趣味でも、友人には変わりないからな」

この世界は同性愛や近親婚にもわりと寛容だ。

俺にはそういう傾向はないから、想いがあっても応えれない。

どのみちアリスがいるから、俺に向けられるラブの感情は無意味でしかないけどね。

しかし、リンスが仮にそうでも、友人というのは変わらない。

何があろうと、友人が友人でなくなることはない。もちろんアリスのためなら、俺は友情も平然と捨てられる人間だが、可能ならそれらを守りたいというのも本心なのだ。

そう言うと、しばらくポカーンとしてから、リンスは笑って言った。

「やっぱり君と友人になれてよかったよ」

「そうか？」

「そうだよ。本当はね、僕は王太子になったことに、かなりプレッシャーを感じていたんだよ。何しろ父上は、あの通り頭のキレる人だから、跡を継ぐのはかなりの重荷なんだ」

あの国王は、頭が切れるというより、性格が悪いという方が妥当だろうが、そんなことは言わずに黙って聞くことにした。

「だからこそ、君みたいに僕を支えてくれる人には感謝しかないんだ。ありがとうエクス」

「まあ、リンスにはこれから先、こっちも世話になるだろうから感謝は不要だけど、一応受け取っておく」

「ああ、何でも頼ってくれ。ただ、君とミスティ嬢のノロケを延々と聞かされるのだけは、勘弁してほしいな」

「マジか。それは聞いてほしいくらいだ」

そんな風にして、アリスのいない時間を友人と過ごすことで紛らわす。まあ、たまにならこういう時間も悪くはないと思うのは気まぐれだろうか？

◆◇◆◇◆

放課後、俺とアリス、リンス、マリアが訓練所に向かうと、人だかりができていた。

俺は思わずげんなりしながら言った。

「これは……えらいギャラリーがいるな」

「まあ、それはそうだろうね。なにしろ一人の女をかけて戦うんだから、盛り上がらないわけがない」

「その言い方、やる気がなくなるからやめてくれ。俺はアリスのためにしか剣はとらない」

「だろうね」

リンスの言葉に、さらにやる気を削《そ》がれるが、なんとか頑張らないと。

しかし、後々アリスのためになるとはいえ、ヒロインのために動かなきゃならないというのは、かなり精神的には負担があるな。

アリスのための苦労なら、むしろご褒美《ほうび》なんだけど。そんなことを思っていると、アリスが心配そうに聞いてきた。

「大丈夫ですか？　エクス」

「ん？　大丈夫だよ。そう簡単には負けないから」

「そうではなくて……なんだかいつもより元気がないので、少し気になりまして。私にできることがあれば何でも言ってください」

アリスの言葉に俺は、一気にテンションが上がってきた。

え、何、もしかして俺の細かい変化まで気づいてくれるようになったの。

それはかなり嬉しい。しかも、何でも言ってくださいって……明らかな18禁のイチャラブフラグじゃないだろうか？

そんな下心は表に出さずに、俺はアリスの頭に手を置いて優しく撫でてから言った。

「ありがとう、心配してくれて。それなら、俺が勝ったらご褒美をもらえるかな？」

「ご褒美ですか？」

「ああ。勝ったらアリスの口づけが欲しい」

そう言うと、アリスは顔を赤くしてしばらく視線をさ迷わせていたが、静かに頷いた。

「わ、分かりました。それでエクスが少しでも元気になるなら」

「ありがとう。この勝負は負けられないね」

俺はそう言ってアリスに微笑んでからファンに向き合った。すると、彼は俺を見て挑発的な笑みを浮かべて言った。

「よく逃げずに来たな」

「前々から言おうと思っていたけど、貴族ならもう少し口調を丁寧《ていねい》にしたらどうだ？」

「ふん！　貴様には言われたくないな」

俺はわりと普通だと思うが……まあ、いいか。

「最後に確認する。お前が勝ったらマリアを解放。私が勝ったら何でも望みを聞く。この言葉に異存はないな」

「当たり前だ。貴様こそ、後で無効にすることはできないからな！」

「そんな見苦しい真似はしませんよ」

多分。いや、アリスの前で格好悪い姿を見せるつもりは毛頭ないので、確実にないが、物事はいつだって、起こってからでないと判断できないものだからな。

俺がそう言うと、彼は腰の剣を取って構える。俺も借りた剣を腰から抜くが、少しげんなりしてしまう。

とにかく軽い。訓練用のものだからか、安い剣だからか、軽すぎるので、頑丈さで相手の剣よりも遥かに劣るだろうと分かる。

これでは打ち合いは無理か？　いや、何回かはできそうだけど、基本、剣は受け流すくらいで回避するのがよさそうだな。

こんなことなら自分の剣を持ってくればよかった、と思うが、家を出る時にはその必要性を感じなかったのだから仕方ない。

そうして互いに構えると、審判役の生徒が、大きな声で開始を告げた。

「はじめ！」

「はぁ！」

合図と同時に斬り込んでくる彼だが、エクスの身体能力は化け物並み、この程度の速度は止まって見えるので、俺は苦もなく避ける。

その一撃を避けたことにより、驚愕する彼にこのままチェックメイトをかけることもできたが、そんな不粋なことはせずに俺はゆっくりと彼に話しかけた。

「戦いの最中にそんなに悠長に驚いてちゃいけないよ？」

「……！　この！」

そうして第2撃がくるが、それも簡単に避ける。

それから何度となく剣で襲いかかってきたが、どれも俺が簡単に避けたので、彼は苛ついて言った。

「逃げてばかりいないで戦え！」

「そんなことをしたらすぐに終わるでしょ？　それじゃあ君と戦ってあげる理由がないだろ？」

「ふざけたことを！」

「本気だよ。私はね……君に教えたいんだよ。実力差というものをね」

「……！　くそが！」

そう言ってから斬り込んでくるファン。俺は自分の剣を収めてから、彼の剣の軌道を読んでゆっくりと両手でタイミングよく受け止める。いわゆる白刃取りだ。

「なっ……！」

「分かったかい？　今の君は、ただ喚くことしかできない、無力な子供だということが」

「黙れ！　卑劣な貴様に負けるわけがない！」

「いいや、今の君じゃ勝てないよ。少なくとも、今の君じゃね」

「貴様に何が分かる！　俺は……」

「うんうん、頑張ってるね。好きでもない相手を、言い訳に使って」

「――――!?」

驚いたような表情を浮かべている相手に呆れつつも、俺は彼の剣を真っ二つにする。そして、驚く彼の胴体に拳を放ってダウンさせる。

「ぐぁ……！」

「別に、それについてとやかく言うつもりはないけど、子供みたいに駄々をこねても、欲しいものは手に入らない、ってことは覚えておくといいよ」

その言葉を聞いていたのか分からないが、彼はどこか諦めたような表情を浮かべて、気を失った。

呆気にとられていた審判役の生徒が、すぐに気を取り直して俺の勝ちを宣言した。

周囲は盛り上がりを見せるが、俺はため息しか出なかった。

◆◇◆◇◆

「エクス！」

アリスの元に戻ると、心配そうなアリスが俺に駆け寄ってきた。

「怪我はないですか？　さっき剣を素手で……」

そう言ってアリスは俺の手を握り、傷がないことに驚く。俺はそれに苦笑して答えた。

「アリス、大丈夫だよ。それよりも、積極的なのは嬉しいけど、こんなに大勢の人々の前だと少し照れるね」

「あっ……」

言われて気づいたのか、顔を真っ赤にする。

そんな可愛いアリスにほのぼのしていると、リンスが近づいてきて言った。

「ずいぶんと容赦なく勝ったね。ほとんど剣を使わずに、最後は白刃取りと拳で呆気なく倒すあたりすごいよ」

「褒めてるのか？」

「うん。君の力が想定以上で嬉しいくらいだ。でも、彼は大丈夫なのかい？」

運ばれていくファンに一度視線を向けてから、俺は肩を竦《すく》めて言った。

「まあ、あのままでは使い物にならないから、まずはあの性格を矯正する必要があるな。今回の負けで多少なりとも学んでくれるようにアドバイスはしたが、後は彼次第かな」

「アドバイスよりも挑発に見えたのは気のせいかな？」

「間違ってないよ。ただ、本当のことを言っただけだけどね」

ささてさて、あの若人をこの先どうやって動かそうか。

そんな思考を読んだかのように、リンスはクスリと笑って言った。

「君はかなりの悪魔だよね」

「まさか。むしろ聖人だろ？」

「欲望に忠実な君は悪魔側だと思うけどね……そういえば、なんで自分の剣を使わなかったんだい？　それ借り物だろ？」

「気づいてたんだ。まあね」

俺は剣を抜くと、軽く手で弾きながら言った。

「生憎と必要性を感じなくて置いてきたんだ。あのままこれで打ち合ってたら、間違いなく剣を砕かれていただろうね」

「だから、最初かなりやりづらそうにしていたんだね」

「まあ、予想より悪い剣だったからね」

「それで、拳だけで勝ったのだからすごいよ」

「剣というのは、使い手によって、名刀にも鈍《なまくら》にもなるからな。素人相手なら案外素手の方が楽だろうね」

「それは君だけだと思うけど……」

そう言ってからリンスは、用事があるとこの場を後にした。俺はタイミングを見てアリスに近づき、その手を取ると片膝をついてから頭を下げて言った。

「アリス。この勝利をあなたに捧げます。あなたがいたから私は勝てました」

「え、エクス？　いきなり何を……」

「アリス」

そう言って俺は少しだけ顔を上げ、微笑んでから言った。

「これからも私はあなたのために戦います。この先どんな相手が立ちはだかろうと、必ず倒して、あなたの元に戻るとお約束します。だから……どうかこれからも、私を信じて共にいてくださいい」


その言葉に、周りが大きな歓声をあげる。

「きゃー！　プロポーズですわ！」「素敵……なんて大胆なの」「あれがミスティ様の婚約者の

ロスト様……敵にはしたくないな」……予想通りの反応だ。

もちろん目の前のアリスの赤くなる反応もそうだが、観客の反応にも概ね満足する。

俺の実力を見せつけておけば、アリスに寄る虫は少なくなるだろう。

何しろ公爵令嬢で可愛いアリスは、いつ狙われるか分からない。こうして牽制しておく必要がある。

まあ、アリスに格好いい姿を見せたいというのも、半分くらいは本音だけどね。

いつもの甘い俺もいいけど、時には凛々《りり》しく戦う姿を見せて、ギャップ萌えを狙いたいのだ。

男のギャップ萌えというのは分からないが、時には違う面を見せることで相手の心を掴むというのは理解できる。

まあ、アリスのギャップ萌えなら十分分かるけどね。

アリスのツンデレとかクーデレとかヤンデレとか、最後のはギャップではないかもしれないけど、個人的にはヤンデレアリスを見てみたいものだ。

こうして、この学園での新しい暗黙のルールが打ち立てられたのだった。

『騎士団長の息子を敵に回すな』『騎士団長の息子の婚約者に手を出すな』……概ね予想通りの展開に満足する。

何よりもこの後、アリスが少しだけ恥ずかしそうにしている姿を見られたのが、かなり大きな成果だった。

ちなみに、空気になっていたヒロインは、その光景にため息をもらしたが、特に何も言わなかったのだった。

まあ、あの腹黒にも、この展開は読めていたのだろう。自分を巡っての決闘を茶番と見なせるその神経に少なからず感心したのは秘密だ。

あとは、あの道化がどう転ぶかだが、そこはうまく運んでいくしかないだろう。半分くらいは運任せだった。

今後、障害になるなら消せばいいし、使えるなら駒にするだけだ。

◆◇◆◇◆

アリスに少しだけ時間をもらって、俺は学園の医務室に来ていた。

医務室には担当の他、付き添いとしてラクター男爵家の侍女がいたが、2人にはいったん席を外してもらって、俺はベッドの上の彼に声をかけた。

「気分はどうかな？　ファン・ラクター」

「……笑いにきたのか、貴様」

「まさか。むしろ逆だよ。君に称賛を贈りたくてね」

「あれだけ一方的に打ちのめしておいて、よくそんなふざけた台詞が出てくるな」

ぎりっと睨んでくる彼に、俺は笑いながら言った。

「いや、本当にすごいと思ってね。〝偽物〟の想いで俺にあそこまで挑んだことも、それを理解しながら突き進んだこともね」

「……！」

俺の言葉に、彼は目を丸くしてこちらを見た。意外に理解が早い彼に、俺は苦笑しながら言った。

「本当はマリアのことなんて、そんなに興味ないんだろ？」

「そ、そんなことない！　俺は……」

「誰かのために何かをする自分に酔いたかった。そうして、自分の存在をアピールしたかったんだろう？」

こいつはマリアのことを、そこまで気にしていなかった。

いや、多分、好意を持ってるフリをして、憂さ晴らしをしていたのだろう。

その根底には、寂しさと……少なからずの羨望。

だからこそ、フリでもここまでできたのは大したものだ、とある意味感心する。

「なあ、ファン・ラクター。君が本当に欲しいものは何だ？　他人からの評価か？　それとも好意か？　あるいは居場所か？」

「俺は……」

「君は知っているか？　君の侍女は君に、異性としての好意を持っているぞ」

「え……？」

その言葉にキョトンとしてから、彼は目線を反らしながら言った。

「そんなわけ……あいつには好きな奴がいるんだそうだ。それを会ったばかりのお前がなんで言い切れる」

「君に対する態度を見れば自然と分かったさ」

視線や動作や、言葉、少しのことで、誰にどのような形でどのような感情を向けているのか、俺には具体的に分かる。

特に自分がアリスに向けている視線や、アリスが俺に向けている視線と同系統の視線には敏感だ。

ほんの少し話しただけだが、あの娘が彼に好意を持っていることは把握できた。

俺のその台詞に、彼はしばらく黙ってからポツリと呟いた。

「あいつは昔から俺の侍女だった。ドジでおっちょこちょいで、とろくて……でも、俺はあいつが大好きだった。でもな、見ちまったんだ。父さんと親しげに話す姿を。その姿を見て嫌でも分かった。あいつの特別は俺ではなく、父さんなんだと。だから俺は、この学園に入って、忘れようとしてきたんだ。そんな時に会ったのがマリアだった。ストレートに好意を告げるお前たちが羨ましかった。だから、俺もマリアを好きなフリをした。そうして、マリアを好きでいるつもりの時は……少しはあいつのことを忘れられる気がしたんだ。でも、それも結局、無意味だったんだな」

彼は俺にすがるような視線を向けてから言った。

「なぁ、俺はどこで間違ったんだ？　何をどうすればよかったんだ？　教えてくれよ……」

「そうだね。それなら、まずはその勘違いを正すところから初めてみたらどうかな？」

「勘違い……」

「多分、あの娘が君のお父さんに向けていたのは、父親に対する感情みたいなものだと思うよ。あの娘、孤児でしょ？」

彼は驚いてから、頷いた。

「そ、そうだが……でも、それなら、なんであんなに楽しそうに……」

「あのね、家族のいない人間にとって、そういう風に扱ってくれる人は、すごく特別になるんだよ。そして、君は彼女のお父上への家族愛を、異性への感情と間違って認識したんだと思うよ」

彼の父親のラクター男爵は、子供好きで有名で、孤児でも積極的に雇っているそうだ。

そんなラクター男爵を、彼女が父親のように慕う姿を勘違いしたのだろう。

「そ、そんな馬鹿な……だったら、俺はとんでもない勘違いをしていたのか」

乾いた笑いをしてから、彼は涙を流して呟いた。

「そんな簡単なことにも気づけずに、勝手に嫉妬して、勝手に暴走してこうなったなんて、どんだけマヌケなんだよ……」

「そうだね。君はマヌケだ。でも、その行動力は大したものだ。そして君には、大切な者を守ろうとする素質があると、俺は思ってる」

「守る……」

「好きでもないマリアのために、俺に喧嘩を売ることまでできたんだ。ならば、そこに好きという感情があれば、ますます強くなると思わないか？」

俺の言葉に彼は、涙を拭ってからポツリと言った。

「無理だ……もう、俺は誰かに好意を向けるなんて」

「なら、俺があの娘を焚き付けてもいいんだが？」

「仮にお前の話が本当でも、あいつが俺に告白なんてできるわけない。身分も違うし」

「どうしてそこで諦めるんだ？　俺はその理不尽をはね除《の》けた。そしてアリスを手に入れた。君もせいぜい頑張って、その〝本物〟の想いを伝えてみることだな」

そう言って、俺はその場を去りかけたが、その前に彼を見て言った。

「もし、その〝本物〟の想いが叶ったら、俺の元に来い。君に居場所を与えてやる」

そう言って、俺は今度こそ部屋を出る。

部屋の前でそわそわしている侍女に礼を言ってから、俺は彼女にアドバイスをする。

「弱っている今こそ、彼を落とすチャンスだよ。身分差なんてどうにでもなる。あとは君が彼をどれだけ好きなのかによるだろうね」

その言葉に、侍女はしばらく呆気に取られていたが、覚悟を決めたように頷いたので、俺は満足してその場を後にした。

身分の差は確かに大きいが、ラクター男爵や彼の環境なら特に問題はないだろう。その辺は頑張ってもらうとしよう。

仕掛けは終わった。あとは向こうが自分たちで動けば完了だ。

そうして俺は、待っているアリスの元に戻ることにする。

「エクス、終わったのですか？」

俺が戻ると、アリスが嬉しそうに駆け寄ってきた。

俺はアリスに微笑んでから、後ろに続くヒロインに視線を向けて聞いた。

「こちらは特に問題はなかったか？」

「ええ。お嬢様が他のご令嬢に囲まれて色々聞かれていた以外は、特にね」

「マリアったら、分かってて助けてくれなかったんですよ。ひどいです」

プンスカするアリスに、俺は微笑んで言った。

「マリアとだいぶ仲良くなったようで何よりだ。少しだけ心配だったんだが……まあ、何かあったらいつでも俺が守るから、遠慮なく言ってね」

「エクス……はい！」

「心配性ね。お嬢様に何かしようとは思わないわよ。むしろ、あんたがお嬢様に何かするんじゃないの？」

「俺がアリスの同意もなく襲うと？」

そう聞くと、ヒロインは微笑みながら言った。

「むしろ、何もされないとお嬢様が心配になるかもよ？　なんなら、私が先に女の快楽をお嬢様に教えてあげてもいいけど……」

「ははは、そんなことをしたらマジで斬るからな」

「笑顔で殺気を出さないでよ。冗談よ。でも、お嬢様は本当に、いつあなたに要求されるか楽しみにしてるみたいよ。昨日もそれはそれは熱くあなたのことを語って——むぐ」

「だ、ダメ！　マリア、それは秘密だって約束でしょ！」

アリスが慌てて口をふさぐが、聞いてしまったものは早々には忘れられない。

しかしそうか……アリスはすでに覚悟ができていると。

そうなら早いとこ襲いたいが……しかし今襲って学園を中退させるのはあまりよくないので我慢だ。アリスはヒロインの口を抑えながら恐る恐る聞いてきた。

「あ、あの……聞いちゃいましたか？」

「そうだね。アリスがそんなに俺のことを求めてくれているとは思わなかったけど……」

「うぅ……恥ずかしいですぅ……」

顔を真っ赤にして俯くアリスに、俺は優しく微笑みながら言った。

「でも、嬉しいよ。アリスが俺のことをそこまで想ってくれているなんて。本当なら今すぐ初夜にしたいところだけど……俺としては正式に結婚してから初夜を迎えたいんだ。だからそれまで我慢できる？」

「わ、私は別に、そういうことに興味があるわけでは……」

「そうなの？　俺はアリスとならやってみたい。逆にアリス以外とは絶対にしたくない」

好きでもない女を欲望のままに抱くというのは、俺にはできそうもない。

アリス以外の女を抱くと思うと、吐き気がするほどに背筋が寒くなる。

やはり俺には純愛しか無理そうだ。

というか、その手の倫理観はやはり多少ハードルが高い方がいいだろう。

いきなり18禁ではなく、さりげない15禁の描写。

エロゲではなく、ギャルゲ的な感じで分けなくては。

俺の言葉にアリスは少しだけ嬉しそうな表情をしてから、恥ずかしそうに頷いて言った。

「わ、私も、エクス以外とはしたくありません」

「うん、もちろん。アリスが俺以外の男に抱かれるのは許さないから、覚悟してね」

「え、エクスこそ、私以外の女の人を抱いてはいけませんよ。あと、他にも色々しちゃダメです！」

「色々と言うと、例えば……こんな風に近づいて」

そう言って俺はアリスに近づき、ヒロインの口を抑えてない方の手を取って、手の甲に軽くキスをしてから聞いてみた。

「こういうのもダメかな？」

「〜〜〜！　だ、ダメ！　絶対にダメです！」

「分かったよ。じゃあ、アリスも俺以外の男からは、例え挨拶のキスでも禁止だからね」

「も、もちろんです！　私は全部エクスのものなんですから」

「なら、俺の全部もアリスのものだ」

そう言って、お互いに軽く笑う。

なんてことない独占欲なのに、相手にこうして目の前で素直に言われるとすごく嬉しくなる。

普通なら面倒なカップルかもしれないが、その面倒さをお互いに愛しく思っているのだから、セーフだろう。

「そういえば、アリスにはご褒美をもらわないとね」

「ご褒美？」

「戦いに勝ったら、アリスからご褒美がもらえる約束だったよね？」

アリスはしばらく考え、思い出したのか、顔を赤くして、静かに頷いた。

「わ、分かりました。目を瞑《つむ》っていてください」

「はいはい。分かったよ」

ゆっくりと目を瞑りながら、俺は内心で笑ってしまう。

ご褒美はキスだが、どこにキスをしろとは指定しなかった。

だから、さっきの俺みたいに、手の甲とか、頬とか、そういう可愛いキスになるだろう、と余裕をこいていたが、それはすぐに消えた。


「ん……」


背伸びしたらしいアリスから伝わってくる温かな感触は、予想外のところから発生していた。

まるでそう、唇にキスをされているような——思わず俺が目を開けると、目の前でアリスが俺に背伸びして精一杯キスをしてる姿が見えた。

つまり、本当に唇にキスをされているのだ。

唇が離れると、アリスは目を潤ませながら言った。

「ふぁ、ファーストキスです……責任、取ってくださいね」

「もちろん、喜んで」

唇にアリスの熱がまだ残っているような気がしていた。予想外の大きなご褒美に、俺は頑張った甲斐があったと心の底から思うのだった。

真面目なアリスが俺の言葉に従ってファーストキスをくれたのだ。改めて、一生大切にしよ

うと誓ったことは言うまでもないだろう。

◆◇◆◇◆

翌日、学園に来ると、入り口の前で人々の通行のじゃまをしながら立っている人物がいた。

俺はため息をつきながらアリスに言った。

「すまないアリス。ちょっと行ってくる」

「お供しますよ」

「いいのか？　また若干《じゃっかん》面倒な展開になるかもしれないけど」

「エクスとなら、どこにでも行きます」

にっこりと微笑んでそう言ってくれるアリスに、俺は心から愛しさを感じた。後で可愛がろうと思いつつ、その人物に近づいて言った。

「そんなところで通行のじゃまをしていないで、中に入ったらどうだ？　ファン・ラクター」

「……来たか」

俺に気づくと、彼はしばらく黙ってから、ゆっくりと頭を下げて言った。

「ありがとう。お前のお陰で俺の想いが叶った」

「別に君のためにしたのではないけど……礼を言うだけのために、こんなところに立っていたわけじゃないだろ？」

「……なあ、昨日の言葉は本当か？　本当に俺に居場所をくれるのか？」

「欲しいならあげる。タダではないけどね」

「何を支払えばいい？」

「何なら支払える？」

そう聞くと、彼はしばらく黙ってからポツリと言った。

「俺の大切なもの以外なら、何でも」

「なら、君は私の部下になれ」

「部下だと？」

「ああ、学園を卒業したら、騎士団に入れ。そして俺が騎士団長になったら、馬車馬のように働いてもらうが、文句はあるか？」

「……構わない。よろしく頼む、エクス・ロスト」

「エクスで構わない」

そう言って俺は手を差し出すが、彼は首を振って、片膝を地面につけ、騎士の忠誠のようなポーズで言った。

「部下になるなら握手はできない。だからこうして誓わせてくれ。俺はあんたの部下になる。ただ、一つだけ譲れないものがあるから、それを先に言わせてくれ」

「それは？」

「アンリ……俺の侍女で俺の想い人を守ることが、俺にとっての一番だ。だから、深い忠誠は誓えない。もちろんアンリのこと以外なら、俺はあんたを優先する。ただ、もしも大切な人の危機なら、そちらを優先させてもらう」

「そうか、ずいぶんと勝手な言い分だな」

「分かっていながら、誘ったんだろ？」

「まあな。簡単に忠誠を誓ったら、殴っていたくらいだ」

手駒は欲しいが、「絶対の忠誠心」などというものを俺は信じていない。

なかにはそういう忠義者もいるのだろうが、世の中の人間の大半は、自分の妻や家族を優先する。

だからこそこうして、相手の弱点を把握できれば、有利に事が運ぶ。

「とにかく、俺はあんたの部下になるが、それだけは譲れない。そんな半端な忠誠を受け入れてもらえるか？」

「俺以外なら断る条件だな。だが、俺は寛容だからな。受け入れよう」

「ありがとう……エクス様」

「ああ、よろしく頼む。ファン・ラクター……いや、ファン」

俺は誓いを受け入れ、手駒を増やした。

そうして満足していると、ふと、視界に昨日会った侍女がいることに気づいた。俺は彼女を手招きして言った。

「話は終わった。こちらに来るといい」

しばらく迷ってから、侍女は近づいてきて、ファンの側に立つと控えめに挨拶をした。

「昨日はありがとうございました。ファン様の侍女のアンリと申します」

「ファンの上司になるエクスだ。想いが叶ったようで何よりだ」

「はい、エクス様には感謝してもしきれません。……ありがとうございます」

そう言って頭を下げるので、俺は苦笑しながら言った。

「長年勘違いをしていた馬鹿をよく受け入れたね」

「ファン様に想いを伝えられなかった私にも非はありますので。それに……やっぱりファン様のことが大好きですから」

「アンリ……」

その言葉に、嬉しそうなファン。

男というのは本当に単純だ、と思っていると、隣のアリスがクスリと笑いながら言った。

「エクス、私たちはおじゃまみたいですよ」

「それもそうだな。行くか」

その場を去ろうとしたが、アンリが「あ、あの！」と言ってきたので、立ち止まる。

「どうかしたの？」

「ファン様のことよろしくお願いします。それとお訊ねしたいのですが……どうして私とファン様の想いが分かったのですか？」

「特別なことは何もしていないよ。君がファンのことを話す時の動作と言葉、ファンの場合は行動を見ればなんとなく把握できたからね」

そう言うと、ポカーンとしてしまった２人を置いてその場を後にした。


歩きながらアリスは少しだけ笑って言った。

「エクスは時々、すごいことを平然と言いますね」

「そうかな？　アリスのことなら１００％把握できる自信があるけど、知らない人だと少しだけしか分からないから、すごくはないよ」

「私のことなら、ですか？」

「うん、例えば……アリスはさっき2人がイチャイチャしようとした時に若干羨ましくなったとか、ね」

「なっ……そ、それは、その……エクスとももっとイチャイチャしたいなぁと思って」

もじもじしながらそう言うアリスに、俺はかなりの萌えを感じて、放課後はより可愛がろうと心に誓うのだった。

6章　攻略対象更生計画

「なるほど、そういう展開になったのか」

今朝のことを教室でリンスに聞かれたので答えると、そういう反応が返ってきた。

「でも、少しだけ意外かな。てっきり、心をバキバキに折ってから矯正するのかと思ったよ」

「それでもよかったけど、使えるものは使わないとな」

途中まではそのプランでいたが、侍女アンリの存在を知った瞬間、最後のピースが揃《そろ》って、おおよその見当がついたのでシフトさせたのだ。

まあ、失恋パターンだったら、こんなに穏便にはいかなかったかもしれない。

その場合は新たに別の候補を立てるか、依存という名の忠誠を捧げさせることになっただろう。

心が弱った人間ほど、付け入るのは容易《たやす》い。

まあ、こんな思考をアリスには見せられないけどね。

自分でもあまり褒められた思考ではないことは分かっているから。

それでも世の中、俺以上にゲスな輩《やから》は多いから、まだセーフかな？

「しかし、エクスは本当に頭が回るな」

「何だ急に？」

「君と友人になってからずっと思っていることだよ。それに、人の心の機微にも敏感だ。身体能力も飛び抜けていて、現段階でこの国最強の騎士団長に匹敵する力を持つ。そして貴族としての位に、可愛い上に賢い婚約者がいると来たものだ」

「最後以外はほとんど勘違いだ」

「最後は否定しないあたり、君の愛の深さがうかがえるね」

そりゃあ、アリスが可愛い上に賢いのは当たり前だからな。

「何度も言うけど、アリスは渡さないからな。いざとなったら俺は、アリスを連れて逃げる準備もしてある」

「逃げるって選択肢がすでにちゃんとある時点ですごいけど、その必要はないよ。僕も父上も、ミスティ嬢のことは最初から諦めているから」

「そうなのか？」

「父上はあの婚約破棄の一幕を大いに喜んでいたからね。息子としては、父上のそういうところはかなり複雑だけど」

あの狸国王なら、そういう反応になるのだろうな。一歩間違えれば狂気になりそうなところを理性で制しているような男。

自分の息子でさえ使えるか、面白いかで判断するような思考の持ち主とは、あまり関わりたくないんだけど……あれが国王でいる限りは、接触の機会は少なくないだろう。

「本当に、リンスには早めに玉座に座ってもらいたいな」

「気が早いね」

「そうでもないだろ？　実際問題、リンスにはすでに国王としての素質が十分に備わってる。学園を卒業したら早く陛下を追い落として、国王になってもらわないとな」

「国王か……ねえ、エクス」

そう言ってからリンスは、少しだけ悲しそうな表情を浮かべて言った。

「もし兄さんが国王になっていたら、この国はどうなっていたんだろうね」

「栄えていた……そう言ってほしいか？」

「ううん。そういう気休めはいらないかな」

「なら、正直に言うと、滅ぶか、その一歩手前までは行っていたかもしれないな」

魅了魔法があってもなくても、あの王子は、おそらくヒロインに攻略されて腑抜けになっていただろう。

攻略対象は精神的に未熟な子供が多い。

そういう子供は大きくなってから傷口をつつかれると、簡単にボロを出す。

エクスも俺になっていなかったら、そうなっていたのだろう。

「そっか……僕はね、兄さんのことが嫌いだったんだ」

「そうなのか？」

「先に産まれたけれど何をやっても僕より下の兄さんは、いつも僕のことを目の敵《かたき》にしていた。いつも傲慢《ごうまん》でワガママで、でも王様みたいな雰囲気だけは持っていたと思うんだ」

そう言ってリンスは俺から視線を反らして言った。

「僕には兄さんみたいな風格がない。僕は王には向かないのだろうね」

「風格ねぇ……そんなものは自信を積み重ねるしかないからな」

「自信を積み重ねる？」

「自分を肯定することでしか前には進めない。お前はすごいよ、リンス」

「そんなことは……」

「確かに王様には風格が必要だが、それだけではダメだ。きちんと能力がなければ、そいつはただの愚王だ」

玉座に座りふんぞり返るなら、優秀な仲間が必要だ。

だがリンスには、それを補って余りあるスペックがある。だから……

「どうせなら、歴代最高の賢王とでも呼ばれてみたらどうだ？」

「僕が賢王……君はいつもすごいことを言うよね」

「大丈夫だ。何かあったら支えてやるから。ま、アリスがこの国にいるかぎり、俺もいなきゃいけないからな」

俺がそう言うと、リンスは少しだけ笑って言った。

「ありがとう。なら、さっそく頼んでもいい？」

「用件による」

「あまり言葉を選ばすに言えば……兄さんと側近だった人たちを更生してほしいんだ」

「更生だと？」

リンスの言葉に俺は思わず眉をひそめる。そんな俺に苦笑しながらリンスは言った。

「君が兄さんにいいイメージを持っていないことは分かっている。だからこれは断ってくれても構わない」

「とりあえず更正させる理由を知りたいな。俺にはあまりメリットが思いつかないからな」

「損得で言えば、確かにそうだね」

お世辞にもスペックが高いとは言えない攻略対象の王子様。

魅了魔法を使われていようがいまいが、多分ヒロインみたいな女に魅かれて、アリスとは婚約破棄をしていただろう。

本当に、あんな可愛いアリスのどこに不満があったのか全く分からないが、王子様とは面倒な存在だ。

まあ、王族なりの苦労はあるのだろうけど、政略結婚なんてそんなものなんだと割りきることも大事だろうに。

まあ、そうした貴族的思考は本人にはかなり苦痛なのかもだが、やりようはある気がする。

ちなみに俺だったら、アリスを幼い頃から溺愛して甘やかして、べったり依存させただろう。

残念ながらロリバージョンのアリスは記憶の中にしかいないが、これからのアリスは全部生で見られる。転生してよかったと心から思う。

「それで、更生させたい理由は何だ？　家族愛とかではないんだろう？」

「そうだね。一つには、あのまま放っておくと自殺でもしそうだからかな」

「自殺？」

「王位継承権剥奪の上に部屋に軟禁、ここまででもかなり精神的にきているみたいだけど、あの女から離れて、魅了魔法が多少薄れたのか、自分のしでかしたことにかなり落ち込んでいるんだよね」

てっきり、俺を恨んでいると思っていたが、憎しみよりも後悔が深いようだ。

まあ、ヒロインのせいなんだけど……

「魅了魔法が薄れたというと、正気に戻ったのか？　いや、そもそも、いつから正気じゃなかったんだ？」

「聞いた限りでは、かなり直近まで正気ではあったみたいだよ。ただ魅了魔法で気持ちが盛り上がっていたみたいだけどね」

ヒロインの話だと、洗脳的なレベルの魅了はしていなかったそうだ。

多少気分を上げるくらいのものだ、と言っていたが、どうなのだろう？

多分、嘘は言ってない。ただ、あのプライドが高い王子がヒロインのことで俺を恨んでないとは言いきれないし、魅了されている時と、今が同じ状態かどうかも分からないし、難しいところだ。

「2つ目は世間体かな」

「王位継承権を剥奪された哀れな王子を見捨てない弟であろう、ということか？」

「まあ、これは父上の意見なんだけどね」

なんとも、あの狸国王が考えそうなことだ。

このまま王族として飼い殺すにしろ、王族から追放するにしろ、王子が面倒な存在であることは間違いない。

国外追放をすれば、他国に迷惑をかけるかもしれない。

それならいっそのこと、この国の中で普通に生活させて、じゃまな存在にならないようにするのがいいと言ったところか。

さてさて、どうしたものか。

「あと、これは僕の意見なんだけど……兄さんは、後々この国に必要になるような気がする」

「直感か？」

「ただの想像だよ。でもなんとなくそう思うんだ」

うーん。なんとも曖昧だが、少しだけ考えてみるか。

まず、このまま王子が自殺なりした場合。

婚約破棄の件で追い詰められたと言い出す輩がいるかもしれない。そこでアリスが責められるのは本意ではない。

次は国外追放された場合。

その後、王子が中途半端に犯罪者にでもなったら、アリスに火の粉が飛ぶ恐れがある。

まあ、この辺は想像の域を出ないが……

あとは、俺への復讐で襲ってくる場合か。

俺への襲撃ならなんとでもなるが、アリスが攻撃されたなら、かなりの一大事だ。

むろん守るけど、アリスをわざわざ危険な目にあわせるわけにはいかない。

俺はリンスにチラリと視線を向けてから言った。

「できる限りのことはしてみるが、それでどうなっても責任は取らないぞ？」

「構わないよ。責任は僕が持つから。それに君はきっとやってくれると信じているからね」

「信じるか……まあ、あまり期待はしないでくれ」

そう言っておく。確かに、あいつを使えるようにすれば、今後役に立つかもしれない。

容姿は悪くないし、使い方によっては強力なカードになるかも。

イケメンなのは気にくわないが、今は私怨《しえん》は捨てるべきだろう。

別にエクスの容姿も悪くはないんだよ？

でもね、それとは別に、イケメンへの憎悪は陰キャなら誰もが持っているものだから仕方ない。いや、まあ憎悪というよりは苦手意識かな？

「ところで、リンス」

「何だい？」

「さっき『兄さんと側近だった人たち』って言ってたけど、他の奴らも俺が更生させるのか？」

「まあね。できるかい？」

「はぁ……分かったよ。ただ、この貸しは、しっかりと返してもらうからな」

王子だけでも厄介なのに、他の奴らも相手なんて、面倒この上ないが、多少は俺にも責任があるので仕方ない。

俺はとりあえず攻略対象に向き合うことにした。

早く終わらせてアリスを愛でよう、と誓うのだった。

ああ、アリス成分が足りない……。

◆◇◆◇◆

アリスと共にとる食事は、いつも通常より格段に美味しいのだが、頭の片隅に先ほどのリンスとの会話が残り、若干楽しさを阻害していた。

いかんいかん、と、頭を切り替えようとする前にアリスが聞いてきた。

「エクス、考え事ですか？」

「……そう見えた？」

「はい。なんだかいつもよりお顔に陰りが見えたような気がしたので。私にできることがあれば、何でも言ってください。エクスのためなら何でもします」

そう微笑んでくれるアリスに心から感謝し、愛しさを感じる、が、こうして気を使わせてしまったのは俺のミスだ。

プライベートに仕事を持ち込むなんて、したくないのにな。

まあ、今回は内容が内容だけに憂鬱《ゆううつ》な気持ちになりやすいのだが……それにしても「何でもする」という献身的な台詞はなかなかいいものだな。

アリスから何でもすると言われると、よからぬ想像が加速するが、そういう邪念は一度しまってから、アリスに微笑んで言った。

「ありがとうアリス。でも、何でもするなんて、俺以外には決して言ってはいけないよ」

「なぜですか？」

うーん、何と言うべきか。

この天使によからぬことを吹き込むべきか、かなり迷ったが、アリスの安全のために教えておくことにした。

「アリスのような美少女から、何でもすると言われると、男は邪《よこしま》な感情を抱いてしまうからね」

「そ、そうなのですか？」

「ああ。アリスは可愛いからね」

「可愛い……そうですか」

ニヤニヤしそうな表情を隠すので精一杯なアリスにかなり萌えるが、しばらくして治まったのか、アリスは上目遣いで聞いてきた。

「エクスもそうなのですか？」

「そうとは？」

「あの……私に邪なことを思ったりするのですか？　いえ、私以外の女の子にも似たようなことを思ったりするのですか？」

「アリス以外にそのような感情を向けることはありません」

思わず断言してしまった。

想像するだけでも吐き気がする。

アリス以外を女として見るなんて、「蝿に欲情しますか？」と言わんばかりのあり得なさ。

俺にとってアリス以外の女は、どれだけ可愛くても、どれだけ色気があろうとも、そんな感情は一切わかない。

まあ、後々アリスのためになったり、体面的に必要なら友好関係は築くし、なんならどれだけ嫌悪感があっても仲良くはするが、そうじゃなければ関心はわかない。

俺の即座の言葉にアリスはしばらくこちらを見ていたが、視線が合って2人で見つめ合うと、次第に赤くなっていく頬。

なんとも可愛い反応なのでしばらく放置して楽しむと、アリスは少しだけ声を細くして言った。

「わ、分かりました。信じます」

「いいか？　なんならこのままずっと、俺を見ていてくれても構わないけど」

「え、エクスはずるいです……」

「アリスが可愛いから、ついそういう態度になってしまうんだよ」

「もう……エクスったら」

そう言ってクスリと笑うアリスに、俺は純粋に見とれてから、内心でため息をついてしまう。

やっぱりアリスに触れていると落ち着く。

さっきまでの不快感が浄化されるような……本当に早く色々終わらせて、アリスとのこういう時間をもっと大切にしたいものだ。

「それで、エクスは先ほど何を考えていたのですか？」

しばらくしてから、アリスに再度聞かれると、俺はしばらく考えてから軽く質問してみた。

「アリスはさ、前の婚約者のことどう思ってる？」

「メイス様ですか？　特にこれといったことはないです」

「本当に？」

「はい。確かに最初はショックでした。信頼関係をあっさり壊されたような気がして。でも、エクスとこうして結ばれることになった今は、逆に感謝してるくらいです」

「そっか……マリアのことも？」

「はい。恨んではいません。どんな過程があろうが、私の初恋が叶ったのですから」

その言葉に俺は一瞬フリーズしそうになる。

初恋？　まさかアリスも最初から俺のことを……確かにエクスとは幼い頃から親交があったし、仲良くしていた場面もたくさんあるが……え？　マジで？

「だから、マリアとも今は仲良くできています」

「そ、そっか……アリスはやっぱり優しいな」

「そうですか？」

「あんなことまでした王子やマリアに悪感情を抱いてないのは、本当にすごいと思うけど……自分を責めるのはダメだからね」

「大丈夫です。エクスが側にいるなら、そんなことはありませんから」

最近のアリスは、なんだか前よりもメンタルが強くなったように見える。これは俺への依存が進んでいるという証拠だろうか？

さっきの口ぶりからして、もはや王子には欠片の興味もなさそうなので、そう思ってしまうが、それを嬉しいと思える俺も若干ヤバい、という自覚はある。

まあ、それをどうかしようというつもりは一切ないが。

依存上等！　むしろアリスにはヤンデレ特化になってほしいくらいだ。

最終的には俺を監禁することを考えるレベルまで愛情が上がれば、なおよしだ。

そんな風にアリスを愛でる昼だった。

◆◇◆◇◆

アリスを送り、俺はさっそくリンスと共に行動を開始した。

まず向かうのは、攻略対象の中でも、もっとも重要なキャラクターである王子のところだ。

「というか、今さらだけど、ついてくるのか？」

「本当に今さらだね」

「兄貴にはあんまりいい感情を持ってないと思っていたからな」

「まあね。でも、一応兄さんだし、エクス一人に任せるのもどうかと思うからね」

なんとも苦労人なリンスに頷きそうになるが、あの狸国王への報告も兼ねてなのだろう。

リンスなら余計なことは言わないだろうが、これから何が起こるか分からないところに連れていくのはどうか、とかなり悩む。そこはなんとか抑えて言った。

「確かに俺の顔を見て、いきなり殴りかかってきたら話にならないしな」

「多分、そういう展開はないと思うよ。それにその場合は、僕も巻き添えになるし」

「まあ、殿下に怪我を負わせるわけにはいかないから、そうなったら最低限、逃げる手伝いはするさ」

「守る、じゃないあたりが君らしいね」

そりゃ、男を守るなんて言いませんよ。

俺が守るのはアリスただ一人。

まあ、結婚して子供ができれば、そこに子供も含まれるけどね。

大切なアリスとの子供だし、やっぱり可愛いと思うのだろう。

そんな風に話していると、いつの間にか部屋の前にたどり着いていた。

衛兵に話しかけてから、リンスは部屋のドアをノックした。

「兄さん。入るよ」

返事はなかったが、リンスは特に気にする様子もなく、普通にドアを開ける。

王族らしい無駄に広くて豪華な装飾の部屋で、王子が頭を抱えて座っていた。リンスは王子に静かに話しかけた。

「兄さん、お客さんだよ」

「……リンスか。一体誰だ」

ゆっくりと視線を俺に向けた王子は、かなり驚いた表情をしてから苦々しく言った。

「俺を笑いにきたのか、エクス」

「まさか。メイス様が気落ちされてるとお聞きして、様子を見にきました」

「ふん、貴様には関係なかろう」

「これでも元側近ですから、関係なくはないですよ」

「俺から全てを奪ったくせに、よくそんな台詞が言えるものだ」

地味に根に持ってる。

おそらく、マリアが侍女になったことも知っているからこそ、この台詞なのだろう。

アリスのことかもしれないが……おそらくアリスは全く関係ないだろう。

「奪ったとは人聞きが悪い。きちんとアリスには、婚約破棄したあとに婚約を申し込みました。

それに、メイス様を正気に戻すお手伝いをしたではありませんか」

「アリスには悪いことをしたと思っている。だが、俺はあのままでもよかったんだ。マリアと一緒になれれば」

「それでアリスが苦しむとしても？」

「ああ」

その言葉に俺は一瞬殴りかかりそうになるが、なんとか抑えて言った。

「なら、これは罰ですね」

「罰だと？」

「他人を貶めようとした罰です。アリスを散々苦しめたので、その罰として、マリアと王位継承権はあなたの元から去ったのです」

「そんなことで全てを失うとはな」

そんなことだと？　むしろその程度で済んだことがビックリだよ。

俺としては、もっと追い詰めて自殺させてもいいと思っていたくらいだから。

リンスからの依頼がなければ早めに処理したかった案件だからな。

それでも、そんなことは言わずに俺は言った。

「そんなことにも気づけないから、あなたは失恋したのです」

「失恋か……やっぱり、マリアには他に好きな男がいるのか」

「知っていたのですか？」

「ああ、分かっていた。マリアが俺ではなく他の目標を見ていたことは。それでも何かしたくて焦って、よく分からなくなって、婚約破棄して全てを失った」

へー、意外に勘がいいな。それでも大胆な行動に出たのは、魅了魔法の効果だけではないな。

おそらくこの焦りが魅了魔法の効果を高めたのだろう。

「ならばメイス様。一つ勝負をしませんか？」

「勝負だと？」

「ええ、メイス様が勝てば、マリアともう一度会うチャンスをあげます。ただし負けたら、私の言うことを聞いてもらう。どうですか？」

「そんな約束が貴様にできるのか？」

「そのためのリンスですよ」

そう言ってリンスを見ると、苦笑しながら答えた。

「これでも王太子ですから、ある程度はできますが……まあ、エクスの判断に任せます」

「と、いうわけです。どうですか？」

そう聞くと王子は笑って言った。

「ならば受けよう。貴様にどんな企みがあるか分からんが、勝てばいいだけだからな」

「では決まりですね」

勝負といっても、普通に戦えば俺の圧勝だろう。

だから、ある程度ハンデをつけて圧勝すれば予定通りになるはず。

それに、この王子には一度、アリスへの仕打ちの分を清算しておきたいという思いもあったので、ちょうどいい機会だ。

もちろん、アリスは気にしていないだろうが、俺が一度きっちりとお灸《きゅう》を据えておきたいのだ。

そんな感じで俺が企んでいるのを察したのか、リンスが苦笑していたが、特に止めてこないあたりは、やはり好感が持てる。

親友と呼んでもいいくらい、彼に思考を読まれているようだ。

◆◇◆◇◆

王城の闘技場に移動して、舞台で向き合う俺とメイス王子。

入り口は王子の部屋の番をしていた衛兵が固めているため、逃げることはできない。

まあ、今の様子を見れば、王子が逃げることはないだろうが……保険は必要だ。

そして、それを観戦するリンスの姿があった。

「ルールは簡単です。相手に負けを認めさせれば勝ち」

「それは分かるが、お前はなんで素手なんだ？」

そう言う王子の手には真剣が握られている。俺はその疑問に笑顔で答えた。

「ハンデです。メイス様と剣で普通に戦えば、私が圧勝しちゃいますから」

「舐《な》められたものだな。これでも講師には勝てるくらいの実力はあるんだぞ」

「私が誰の息子かお忘れですか？」

「騎士団長の息子……なるほど、剣では絶対に負けないと思っているのだな。だが、いいのか？　さすがのお前も、真剣を相手に素手で戦えば、無傷ではいられないだろう」

「そうですね……では、私は右手の使用を禁止してやりましょう」

煽《あお》るだけ煽って、相手の感情を表に出させる。

舐めているのではなく、単純に力の差があるだけなのだが、それが王子には効いたようで、彼は目を鋭くして言った。

「それなら、せいぜい後で治療してもらうことだな」

「ご心配なく。この戦いで私が怪我を負うことはあり得ませんので」

「……そうか。あくまで舐めてかかるのなら、殺してやる」

ギラギラした瞳を向けてくる王子。

男にこんなに熱烈な視線を向けられても嬉しくないが、そんなことは口にせず、審判の兵士に合図をする。

「で、では……はじめ！」

その言葉で戦いは始まる。

先に動いたのは、やはり王子。

予想より早いスピードで俺に斬りかかってきた。

真っ二つにするための上段からの一振りをギリギリで避ける。

思ったよりやるようだが、この程度なら大丈夫か？

「ちっ！　くそ！」

そこからさらに攻めてくる王子。

思ったより早いが、しばらく見ているうちに、なんとなく分かってきた。

王子の剣は確かに早くて正確だが、決まった型があり、それを把握できれば何ということもなかった。

講師がよかったのか、基本に忠実だが、基本は決して万能ではない。

基本というのは、時にその人物の弱点を浮き彫りにする。

それに、今の王子は俺を斬ることに集中して急所を狙ってくる。

ならば、そこを守ればなんとでもなる。

何度かの交差を経てから、息を吐きながら、王子は言った。

「なんで、そこまで避けられる！」

「メイス様は確かに強いですが……私の方が何倍も強いですから」

「……！　殺す！」

そこからはラッシュだった。

一撃で心臓を狙ってくる突き技に、胴体を真っ二つにせんとする一閃、腕を斬り落とす勢いの上段からの一撃に、蹴りまで混ぜてくる。

まあ、全部普通に避けるけどね。

「くそくそ！　なんでだよ！　なんで当たらないんだ！」

「守る者がない今のメイス様には分かりませんよ。私の強さの秘密は」

「守るものだと？　くだらん！　そんなもので変わるか！」

む、今のは少しだけ頭にきたので、俺は王子の剣を素手で弾き飛ばし、詰め寄って言った。

「くだらなくなんかないです。それがあるから人は強くなれるのです」

「……！　黙れ！」

不意討ち気味の一撃を俺に叩き込もうとする王子だが、俺はそれを防ぎ、王子の首もとに手刀を当てて言った。

「これが現実です。あなたが馬鹿にする、人を守る力で、私はあなたを遥かにしのぐ強さを持っています」

「ぐっ……」

なんとか俺から離れようとする王子だが、俺が一瞬放った殺気にひるんだのと……少しでも動けば、俺の手刀で首が飛ぶイメージでも見えるのか、苦々しい表情で固まる王子。

まあ、実際は手刀で首が飛ぶなんてあり得ないのだが、転生したせいか、身体能力が化物スペックになってる今のエクスなら、不可能ではなかったりする。

そんな人間離れした自分にため息が出るが、強ければアリスを守れるのでよしとする。

まあ、俺より強い人間がどこかにいる可能性もあるし、まだまだ鍛錬はするけどね。

「メイス様。あなたはこれから何をしたいですか？」

「な、んだと」

「あなたは全てを失った。華やかな未来もマリアの想いも、全て失いました。残されたのは惨《みじ》めな王子というレッテルだけ。それでご満足ですか？」

俺は王子に向けていた手刀を下げて、さらに言った。

「もし、それが嫌なら努力をしてください。今のあなたはもう王太子ではない。ただの王子です」

「……貴様に何が分かる」

「少なくとも、あなたが惨めな思いをしていることは分かります」

「そうだな……貴様に全てを奪われたせいで、確かに惨めだ」

「私のせいではありません。自業自得です」

いくら魅了魔法にかかっていたとしても、結局、その元になった気持ちは王子のものだから、自爆と言ってもいいだろう。

「そうか……なら、俺はどうしたらいい？」

「勉強してください。あなたは王子です。知識を磨き、これからこの国と他国の交流を盛んにしてください。魅了魔法に一度かかった上に全てをなくしたあなたでも、外交官くらいはできるでしょう」

「はぁ……負けたよ」

その一言で勝負はついた。

これで「あいつには絶対に勝てない」というイメージを植え付けることに成功しただろう。

あとはこの王子の努力次第で、使える駒になるかもしれない。

まあ、ダメなら斬ればいいしね。

「お疲れエクス。やっぱり圧勝だったね」

リンスは苦笑しながら言った。俺はそれに手を振ってから、ため息混じりに言った。

「圧勝に見えたならよかったけど、面倒だった」

「そう？　素手であそこまで打ちのめされたら、精神的にきそうだけど」

「俺は手を首に当てたくらいで、他には何もしていないだろ？」

思ったより王子の動きがよくて面倒だったけど、傷をつけずに済んだのはよかったのかもしれない。

やはりこれから手加減する時は素手でやろう。

決して相手を舐めてはいないが、エクスの身体能力は別格すぎる。

ついつい思考も脳筋になってしまうくらいに身体能力が高いのも考えものだな。

ちなみに、エクスに転生してから、『身体強化』の魔法は使っていない。

これで身体強化を使ったらどれだけヤバいのだろう……まあ、油断せずに鍛練しつつ自分の力を把握する必要があるだろう。

「リンス、剣術は得意か？」

「その質問の意図が分からないけど、からっきしだよ」

「そうか……やっぱり父上と一度戦うしかないか」

「本気で言ってるの？」

「格上とやっておかないと、実力が分からないからな」

俺が知る中で俺より格上なのは、父上くらいだ。

そう、この国の騎士団長である父上くらいなのだが、息子がこのスペックなら、父親はどれだけ規格外なのか不安でもある。

ラノベ主人公並みの理不尽チートでも驚かない自信があるが……そこまでいくとヤバいので、できれば人間に近いレベルにしてほしいものだ。

「格上って……今のエクスより格上はそうそういないよね。騎士団長なら確かに君より上の可能性もあるけど、今の君は前より遥かに強いと思うよ」

「そうなのか？」

「なんていうか、ミスティ嬢と婚約してからの君の強さにはかなり驚いた。授業でも君の剣術は見たことがあったけど、ここ最近はそれよりすごいよ」

ふむ……もしかしなくても、俺は転生の特典を得ているのか？

元々強かったのなら分かるが、俺の人格になってから強くなったのなら、少し自重した方がいいのか？

いや、アリスを守るためには力は必要だ。

それに俺が脳筋キャラになれば、みんな油断するので状況が読みやすくなるかもしれない。取り入ってくる奴の見分けも楽になる。

でもなぁー、アリスには脳筋キャラと思われたくないから……悩む。

「それはそうと……兄さんのこと、ありがとう」

「唐突にどうした」

「さっき、負けた時の兄さんのスッキリした顔を見て分かったよ。君がきちんと兄さんを助けてくれたことが」

ストレートにお礼を言われたので、俺はため息混じりに言った。

「礼はいらないよ。俺にもメリットがあるからな」

「メリット？」

「ま、遅かれ早かれこういう事態は起きていただろうし、ね」

攻略対象がアリスを狙った場合の対処に悩んでいたのは事実だ。

あるいは、暗殺でもしようかとも思っていたが、さすがにそこまでするのは気が引けるので、面倒な方を選んだ。

もちろんアリスを守るためなら、人を殺すことに躊躇《ためら》いはないが、その手でアリスを抱いていいものか分からないから悩んだ。

結果として、リンスには感謝しているくらいだ。

「それより、他の奴らのところにも行かないといけないんだろう？」

「そうだね。次は……」

「また付いてくるのか？」

「もちろんだよ。最後まで見届けたいからね」

なんとも奇特なことだ。こんなのを見ても面白くもなんともないだろうに、真面目というか何というか。

「それなら、次に行くところはもう決めてある」

「そうなの？」

「ああ。ミスティ公爵家に向かう」

その言葉にリンスは苦笑して言った。

「エクス……婚約者に会いたいのは分かるけど、少しは自重した方がいいと思うよ」

「ま、否定はしないが、俺が会うのはアリスだけじゃない。あの家にもいるだろう。当事者が」

「……ミスティ嬢の義弟か」

確認したところ、義弟くんは今のところ地下に閉じ込められているそうだ。彼がいつアリスの脅威になるか分からないので、早めにやっておきたいのだ。

「確かに、彼には早めに会った方がいいかもね」

「どういうことだ？」

「当事者の中で、彼が一番ひどいらしいよ。今も君への憎悪をむき出しにしているらしい」

知らない間に恨みを買っていたようだ。

しかし憎悪か……王子よりもプライドが高そうだし、今度は少しだけ外道になってみるか。

アリスには決して見せないようなひどい顔を見せて、相手の心を折るのが手っ取り早いか。

幸いにも、義弟くんとアリスはあまり接点がないそうだから、アリスが傷つくことはないだろうし、あとは俺が上手くやるだけだ。

「リンス、俺が何をしても黙っていられるか？」

「その質問の意味は分かりたくないけれど、友人は信じるさ。それに君がどんな行動をしようが、それはミスティ嬢につながっていると分かるから大丈夫だよ」

「そうか」

やはりリンスは、友人として信用できるな。

リンスがアリスに報告することはないだろうし、ミスティ公爵も新しい後継者育成に取りかかっている。義弟くんはもはや用済みだ。

ならば、心を折っても大丈夫だろう、と一人思うのだった。

◆◇◆◇◆

「こちらになります」

案内されたのはミスティ公爵家の地下。

アリスに会う前に用事を済ませようと、俺はその牢に話しかけた。

「ゲイツ・ミスティ」

「……誰だ？」

「忘れたか。お前の恨みの対象、エクス・ロストだ」

そう言うと、ドンと牢が軋《きし》むほどに突撃してきたアリスの義弟くん。

暗い牢からギリギリ届かない手を突き出しながら義弟くんは叫んだ。

「エクス・ロスト！　貴様……キサマァ！！！」

「元気なことだ。そう思うだろ？　リンス」

「ここまで悪意を向けられて、そうやって平然としている君はやっぱりすごいね」

隣のリンスにそう言われるが、俺はアリス以外からはどんな感情を向けられても、わりと気にならない。

俺に向けられる感情のせいで、万が一アリスに害が及ぶようならその前に防ぐが、そうじゃなければ、まあどうでもよかったりする。

それに、これから壊す相手にそんな感情は不要だろう。

「さて、私は君に事実を告げにきたが、覚悟はいいか？」

「エクス・ロストォ！！　お前を許さない！　絶対にだ！」

「君の許しはいらないが、率直に言うと、君はもうミスティ公爵家にとって用済みなんだよ」

その言葉に、さらに悪意が籠った瞳でこちらを見てくるが、俺は冷静に言葉を続ける。

「知っているか？　ミスティ公爵、君の義理の父親が、新しい養子を引き取ったことを」

「……！」

「知るはずないか。なにしろこれから君は、死ぬまでこの牢で過ごすんだからね」

「そんなわけ……ち、義父上がそんなこと言うわけないだろ！」

「確かに言いはしないな。そもそも君に会うことは、二度とないと思っているからね」

ミスティ公爵は義弟くんに微塵も興味はないのだろう。

まあ、それはそうだ。血のつながりのない義弟くんを公爵家を継ぐだけの道具として見ていたようだったからな。

それに関しては同情もあるが、義弟くんはその地位を盾に好き放題していたので、そこまで気にすることもないだろう。

「君だって知っていただろう？　君はこの公爵家で愛されてなんていなかったって」

「……そんなこと」

「ないと言えないだろ？　それはそうだ。普段さんざん使用人や家族に偉そうにしていたのに、魅了魔法に簡単にハマって、公爵家の看板に泥を塗ったのだから」

俺の知るかぎり、彼はかなり傲慢な態度を取っていた。

きっと孤独の裏返しなのだろうが、それを他人に向けたら、そりゃ評判も悪くなるだろう。

同情もできなくはないが、怒りを他人に向けないアリスと比べたら、精神の弱さだと言いたくもなる。

「これから君は一生、この牢で過ごすことになる。たった一人で孤独に死ぬんだ」

「ふ、ふざけるな！　そんなこと……」

「信じないならそれでもいいさ。君はこれからも孤独だ」

「……！」

あんまりいじめたくはないが、これも仕事だと割りきって言った。

「ゲイツ・ミスティ。君には選択肢が2つある。このまま信じずに死ぬか、信じて死ぬかの2択だ。なんだったら、俺が介錯をしてやってもいい」

そう言ってからチラリと剣を見せると、あからさまに怯えた表情をする義弟くん。

だんだんと俺の言葉が事実だと分かってきたのだろう。俺はその怯えを逃さずに言った。

「公爵から許可は得ている。望むならその首をいただくこともできる」

「ひっ……！」

怯えながら後ずさる。そんな彼を心底憐れに思うが、そんなことは表情には出さずに続ける。

「どうした？　猶予はそうないぞ？　このまま俺が去ればもっと苦しんで死ぬことになるかもしれない。老衰か、食事に毒か……あとは飢餓か」

「ま、待て！」

「なんだ？」

「やだ……やだやだやだやだやだやだやだ！　絶対にやだ！　死にたくない！」

涙を流しながらそう駄々をこねる彼に、俺は冷静に言った。

「これまでのツケだと思うしかないね。諦めてくれ」

「そんな……」

「でも、一つだけ助かる方法があるよ」

その言葉に反応する彼に、俺は一転して優しく微笑みかけて言った。

「これまでの全てを捨てて、私の道具になること。そうすれば命は助かる」

「なる！　なるから！　だから助けてくれ——いや、ください」

我ながらゲスだが、心を鬼にして俺は鬼畜になる。

地面に頭を擦りつけて土下座する彼に、若干罪悪感を抱きつつも、俺は笑って言った。

「そうか、ならこれからは、私のことをエクス様と呼べ。そして俺の命令には絶対服従、いいな。あと、アリスに手を出したらその場で殺すから」

「はい！」

「ちなみに、もしこの場だけ耐えれば大丈夫なんて安心したら甘いから。君を殺すことはいつでもできると覚えておくといいよ」

まあ、多分、大丈夫だろうが、逃げるなら殺していいと他の者には伝えてある。

どのみち行き場なんてないから無駄だろうが。

こういう脅すみたいな展開は、あんまり好きじゃないけど、これで若干胸くそ悪い展開は終わったと考えていいだろう。

アリスを守るためなら、この程度のことは平気でできる自分に呆れてしまうのだった。

◆◇◆◇◆

義弟くんの地下牢から離れてすぐ、用事があるリンスと別れ、俺はそのまま地上のミスティ公爵家を訪ねた。

目的は、もちろんアリスに会うためだ。

疲れた時には、やはりアリスに限るよね。

精神的に磨耗した今だからこそ、アリスと触れ合って癒《いや》されたいのだ。

屋敷を訪ねると、すぐにアリスの元に案内された。

アリスは中庭にいた……が、俺はすぐに声をかけられなかった。

彼女は椅子に座って、何かを思うように目を細めていたが、率直に言うと、その横顔に見とれてしまったのだ。

憂うような表情もまたいい……。


「……エクス」

ポツリそんな言葉が聞こえてきた。

もしかして俺のことを考えているのかな？　それなら嬉しいが。

「お呼びになりましたか？」

「え？」

その言葉で俺に視線を向けてから、顔を赤くして聞いてきた。

「い、いつから……」

「俺の名前を呼んでくれる少し前」

「うぅ……また、エクスに恥ずかしいところを見られたぁ」

そんな可愛い呟きをするアリスの隣に座り、頭に手を置いて言った。

「天気もいいし、こうしてのんびりしたいんだけど……どうかな？」

そう聞くと、こくりと頷くアリス。やはりアリスは可愛いと思いながら、隣のアリスの手を握って聞いた。

「さっき、俺の名前を口にしたのは寂しかったからかな？」

「そんなこと……いえ、そうかもしれません」

そう言い直し、照れながらアリスは言った。

「すごくワガママなことは分かってるんです。でも、私はもっとエクスと一緒にいたいと毎日のように考えています。最近はいつも一人の時間はエクスのことばかり考えてしまっていて……その、迷惑でしょうか？」

「まさか。俺もアリスのことばかり考えているから同じさ」

というか、アリス以外のことは考えたくないというのが正しいか。

俺にとって一番はアリス。それ以外にはほとんど価値がない。

そういう意味では、乙女ゲームや攻略対象、ヒロインの存在もじゃまでしかない。

煩《わずら》わしいものだと思う。

しかし、アリスの前でそんなことは絶対に言えない。

だから俺は、陰でこっそり動いて、なるべく穏便にアリスから手を引かせることしかできないのだ。

「ねえ、アリス」

「はい」

「例えば、俺が悪いことをしたら、アリスはどうする？」

こんなことを口にするべきではないだろうが、思わずそう聞いてしまった。

きっと、さっきの義弟くんのことが少しだけ気がかりだったからだろう。

全く、煩わしいことばかりで嫌になる。

アリスは俺の質問に、しばらく考えてから微笑んで言った。

「エクスを信じます」

「俺を信じる？」

「はい。エクスが悪いことをするなら、それなりの理由があると思うんです。だからエクスを信じてついていきます」

なんとも健気な台詞に、思わず悶えて顔に出しそうになるが、なんとか抑えて俺も微笑んだ。

「そっか、じゃあアリスは何があっても俺のものだね」

「あ、当たり前です。エクスも私のものなので、他の女の子に浮気したら怒りますからね」

「それは絶対にないから安心していいよ」

アリス以外を女の子として見ることができないから問題ないだろう。

俺の中で唯一異性として意識できるのはアリスオンリーだからね。

むしろ、アリス以外の女に優しくすると思うだけで、かなり嫌な気持ちになる。

貴族なのだから社交辞令くらいは当然かもしれないけど、それすらも煩わしいレベルだ。

「それより、俺はアリスの方が心配だよ」

「私ですか？」

「アリスは可愛いからね。いつ誰に口説かれるか、不安で不安で仕方ないよ」

「エクスは私が他の男の子と一緒にいるのは嫌なんですか？」

「もちろん」

そう言うと、嬉しそうに微笑むアリス。

独占欲というのは見ていて気持ちがいいな。

こうしてアリスが俺のことを求めてくれるのは何よりも嬉しいものだ。

「あの……エクス」

「何？」

「少しだけ眠たくなったので、その……ひ、膝枕をお願いしてもいいですか？」

「おいで」

ぽんぽんと膝を叩くと、嬉しそうに俺の膝に頭を乗せるアリス。

お、おう、柔らかい……あかん、アリスの温もりに飲み込まれてしまう。

こうしてアリスに膝枕をしていると、なんだかすごく満足感に満たされる。

やっぱりこういう時間が人間には必要なのだろう。

こうして婚約者とイチャイチャしながらまったり過ごす。

やはり、アリスは俺にとって最高の癒しだ、と改めて認識する。

「お、重くないですか？」

「むしろ軽すぎるくらいだよ。それにしても、アリスの髪は本当に綺麗だね」

そう言って頭を撫でると、サラサラの銀髪が指に触れ、心地よい。

「やっぱり女の子ってすごい」と思う。ここまで綺麗な髪は他に見たことがないが、こうして高い品質を保って毎日を過ごしているのに、その努力を表に出さないことに敬意を表する。

まあ、天然な可能性もあるけれど、アリスなら陰で努力していてもなんら不思議じゃない。

そう思えるのが、アリスのことを分かってきた、ということなのだろう。

しばらくの間、そうしていると、いつの間にか可愛い寝息が聞こえてきた。俺は彼女が目を覚ますまで、アリスのことを愛で続けるのだった。

◆◇◆◇◆

「……さて、何か用でもあるのか？」

アリスとイチャイチャを楽しんでから帰る途中、俺は後ろにそう問いかけた。

すると隠れていた人物が姿を現して言った。

「いつから気づいていたのかしら？」

「最初から」

「そう……相変わらず化け物みたいな人ね」

そう笑うのはヒロインだった。

「それで？　用件は何だ？」

「あなたに会いたかった、と言えばいいのかしら？」

「冗談でもやめてくれ。吐き気がする」

「他人の好意をそこまで無下《むげ》にできるのはあなたくらいよ」

「いらない好意というものが世の中にはある。俺はその基準が人より狭いだけだ」

向けられて嬉しい好意と嫌な好意というものがあるが、俺は基本的にアリス以外からの好意を好意として受け取るつもりはない。

変に誤解されるくらいなら、最初から脈がないと思わせることも大切だ。

まあ、俺みたいな面倒な男に好意を抱いてくれるのは、アリスくらいだろうけど。

「それで何だ？　こんなところで俺と2人でいるのがバレたら、お前も面倒な勘繰りを受けるぞ」

屋敷の中とはいえ、こいつと2人きりというのはかなり都合が悪い。

周りには人影はないが、誰に見られてもおかしくないからだ。

それで他人に誤解されるのは別にいいが、アリスに伝わって勘違いされるのが嫌なのだ。こいつも隠しキャラにバレたら面倒なことになるだろうに、こうして接触してきたのは何かしら理由があるのだろうと聞くと、クスリと笑って言った。

「そうね。お嬢様がこのことを知ったら、嫉妬で私を刺しそうだものね」

「誤解されるのは否定せんが、アリスをなんだと思ってるんだ」

「ヤンデレの素質を持つ天才かしら？」

否定できないのがなんとも言えない。

俺としてはその才能をぜひ開花してほしいものだ……アリスのヤンデレとか、たまらん！

多少暴走しているくらいが女の子は可愛いしね。

「で？　本題は？」

「そうね……あなた今、面白いことをしてるそうね」

「面白いこと？」

「攻略対象を洗脳しているでしょう？」

「人聞きの悪いことを言うな」

洗脳なんて楽な方法があれば、もっと手早く終わらせて、アリスと共にいる時間を作るはず。『身体強化』じゃなくて、洗脳系統の魔法が使えたらよかったのに……まあ、どちらにしても自分の力を理解して使いこなすのが一番いいだろうし、そこは諦めているが。

「今日はお嬢様に会いにきただけじゃないわね。さっきリンス殿下がここにいたのは、お嬢様の義弟くんに会いにきたのね」

「なるほど、それを聞きにきたのか」

「ええ、今まで何人に会ったの？」

「お前のせいで王位継承権を失った王子と義弟だけだ」

「そう、なら残るは２人ね」

そう言うとヒロインはしばらく考えてから言葉を発した。

「優先するならペターが先ね」

「ペター？　ペター・シャルルのことか？」

攻略対象の1人、シャルル公爵家のペター・シャルル。

チャラ男みたいな外見（偏見）の、公爵家の息子だったはず。

「理由は？」

「ペターの家にはもう1人攻略対象がいるから」

「攻略対象？」

「とはいえ、『ラブリー☆プリンセス』の攻略対象ではなくて別作品の、だけどね」

そういえば、こいつは前に言っていたな。

乙女ゲーム『ラブリー☆プリンセス』には続編と番外編とアナザーストーリー、その他もろもろがあると。

「出てくるのはどの作品でどういう時系列か、詳細は分かるか？」

「タイトルまではさすがに覚えてないわ。でも確実なのは、私がヒロインであり、悪役令嬢がお嬢様ってこと」

「アリスが悪役令嬢か……それはお前が他の攻略対象とくっつかないで、ペターのルートを中途半端に進んだ結果のルートか？」

「そうなるわね」

追加されたルートなどで、特定のキャラのルートで進めるとサブキャラのルートに移行するゲームがある。多分そのパターンだろう。

「しかし、アリスを悪役令嬢にした乙女ゲームというのは本当に不快だ」

「そう？　ストーリーは結構面白かったわよ」

「どれだけ神ゲーでも、アリスが辛い役目を背負わされるならクソゲーだ」

乙女ゲーム『ラブリー☆プリンセス』では、どのルートでも悪役令嬢はアリスだった。

ヒロインを妬ましく思ったアリスが、嫉妬に狂って色々やらかす、というのが大きな流れなのだが、それを面白いと評価する気持ちが俺には理解できそうにない。

あんなに可愛い子を、いじめるだけのゲームなんてクソゲーだ。

ただ、舐めてかかるつもりはない。

「そのゲームの残りの攻略対象と大まかなストーリーを教えろ」

「タダで教えるとでも？」

「教えてくれたら、ベリスとのデートをとりつけてやる」

「なら仕方ないわね」

そう言うとヒロインは素直に教えてくれた。

俺はそれを記憶して、これからの算段を考える。

時系列的には、おそらくそろそろストーリーの第2波が来てもおかしくはない。それにアリスを巻き込まないように十分注意しないといけない。

不穏な要素は全部刈ってから、安心してアリスとイチャイチャすることに専念する。

それが俺の使命だ。

どんな理不尽からも、アリスを絶対に守りきる。

どんな困難にも打ち勝って、アリスを笑顔にしてみせる。そう改めて誓うのだった。

◆◇◆◇◆

「すみません。兄はもう少しで来ますので、しばしお待ちを」

「いえ、それよりお兄さんが来るまで、話し相手をお願いできますか？　ライト・シャルルさん」

兄とは違って、母性本能をくすぐるような幼さを持つ弟くんにそう言う。

本日俺は攻略対象の1人であるペター・シャルルに会いにきた、という名目でこの屋敷を訪れたのだが、都合よく居合わせた弟くんと話せる好機を活かすために攻めることにする。

乙女ゲーム『ラブリー☆プリンセス』のアナザーストーリーの一つである『ラブリー☆プリンセス ドキドキはトマラナイ！』の攻略対象の1人である彼、ライト・シャルルと面識を持てた好機を決して逃さない。

「構いませんが……あまりお話は得意ではなくて」

「何でも構いませんよ。例えば……婚約者の話とか」

「そういえば、ロストさんは殿下の婚約者だったミスティ公爵令嬢を婚約者にしたとか。すごいですね。私も早く婚約者が欲しいです」

「現在はいらっしゃらないのですか？」

「恥ずかしながら、これまでは兄が家を継ぐと思っていたので、意識していなかったのですよ。ただあんな騒動が起きたので、私が後継者に祭り上げられてしまって困惑してるくらいです」

ふむ……やはり、婚約者はなしか。そうなると、ここからアリスが被害を被る可能性は……

「マリアという少女をご存知ですか？」

「マリア……確か、兄が落ちぶれた元凶ですよね。その方が何か？」

「いえ、聞いてみただけです」

ふむふむ、やはりヒロインとの接触はなし。

そうなると、やはり悪役令嬢としてのアリスの出番は、少なくとも彼に関しては心配なさそうだ。あとはヒロインに成り代わった存在がいないかどうかによるか。

「そういえば、ロストさんは剣術にも精通しているとか。ぜひともご指南賜りたいものです。なにしろ、騎士団長の息子さんですしね」

「考えておきます」

前のエクスなら、きっと騎士団長の息子という単語に反発していたであろうが、俺には特に反発する要素はないので流しておく。

まあ、親がすごいと、子供にはとんでもない期待がかかるからね。

そうなっても不思議じゃないが、化け物並みのチートみたいな力があると、そういう風には感じないのが現実だ。

「ところで、シャルルさん」

「ライトで構いませんよ。ロストさん」

「では、ライトさん。いえ、ライトくんとお呼びしても構いませんか？」

「ええ、爵位的には上でも私は年下ですから、そう呼ばれた方が嬉しいです」

「でしたらライトくん、私のこともエクスと呼んでください」

「分かりました。エクスさん」

そう微笑むライトには、やはり攻略対象らしい魅力があるのだろう。

「これ、美味しいですね」

持参したクッキーを食べるライトに、俺は微笑んで言った。

「お口に合って何よりです」

「エクスさんの家の料理人はすごいですね」

「いえ、それは私の手作りですよ」

「手作り？」

驚きの表情を浮かべて、ライトは言った。

「すごいですね、エクスさんは。剣の腕があって、聡明で可愛い婚約者がいて、しかも多芸でいらっしゃる」

「私なんてまだまだですよ。それこそ、どのジャンルでも格上がいることは分かってますから」

「格上……やっぱり騎士団長の息子というのは、すごいプレッシャーなんですね」

「まあ、否定はしませんが、誇りでもありますから」

どれだけすごい人の子供でも、そこから努力するかしないか、結局は本人によるし、終着点が同じになることは決してないだろう。

だからこそ、自分の限界を知り、足りないものを補って高みを目指しつつ、大切なものを守れる強さを得る。

「やっぱりすごいです……私はこうして公爵家の次期当主にされてから、プレッシャーで眠れない日が多いです。兄は、こんな中にいたんですね」

「そう気負わずに、と言っても無駄でしょうから言いませんが、ライトくんにできることを一歩ずつ確実にすればいいですよ」

「私にできること……」

「ええ、周りの評価とかそういうのを一度切り離して、己と向き合って確実に歩けば、いつかはたどり着きますよ」

一歩一歩の積み重ねが、やがては道になる。

大切なのは歩み続けること。

途中で挫《くじ》けても泣いても構わない。それら全てを糧《かて》として自分の一歩に変えられれば、それはきっと無駄ではないのだから。

ライトはしばらく黙っていたが、俺に手を伸ばして言った。

「エクスさん。あなたに出会えてよかったです。これからも時折でいいので、アドバイスをいただけませんか？」

「構いませんよ。私なんかでお役に立つなら」

「あなたの言葉に救われる人はきっとたくさんいますよ。なにしろ、あなたはすでに少なくとも1人は救っているのですから」

「だといいのですが」

本当に救いたかったのは、アリスだけ。

打算まみれだろうと俺はアリスのために生きる。

これから先、人を助けることがあっても、それはアリスのためであり、間違ってもそいつのためではない。

だから感謝される筋合いはないのだが……まあ、もらえるものはもらっておこう、と俺は彼と握手をしたのだった。

「ライト様、ペター様がいらっしゃいました」

「はい、通してください」

しばらく話していると、攻略対象がようやく来てくれた。が、正直、弟くんがメインになってしまったので、若干どうでもよくなってきた。

いや、もちろんアリスの害にならないようにはするけれど、ライトくんと友好的な関係を築いたことで、目的はある程度達成してしまったのだ。

そうして部屋に入ってきたのは、いかにもチャラそうな兄貴。

見覚えのあるイケメンな攻略対象の1人であるペター・シャルルその人だ。

「……何か用かよ、ライト」

「兄さんにお客様だよ。と言っても、兄さんが遅いから、すっかり話し込んじゃったけど」

「客だと？」

ペターは俺を視線にとらえて目を丸くし、そのあと怒りに目を細めて掴みかかってきた。

「テメェ！　よくも顔を出せたな！」

「久しぶり、元気そうで何よりです」

止めようとこちらに近づいてくる使用人とライトを抑えて、俺は微笑んで言った。

「ずいぶんと大人しいですね。てっきり出会い頭に一発くらい殴られるかと思いましたよ」

「お前が裏切ったせいで、マリアと俺が不幸になったんだぞ！」

「それはどうでしょうね。少なくともマリアは、今はそこまで不幸ではないでしょう」

「何を根拠に！」

「毎日学校で会っていれば、分かりますよ」

彼はその言葉に眉を寄せる。彼が現状をあまり知らないと察した俺は、簡単に説明する。

「彼女には、私の婚約者であるアリスの侍女になってもらいました。現在は好きな男もできて順風満帆、これ以上の幸せはそうないでしょう」

「な……そんな馬鹿な！　マリアは俺のことを愛しているはずだ！　それに、あの不細工の侍女だと？　そんなの認められるはず――」

彼の言葉が終わる前に、俺は彼が掴む手を少しだけ力を込めて握り、微笑んで言った。

「何を考えるかは自由だけど、言葉は選ばないと。それ以上、その穢《けが》れた口でアリスのことを口にしたら、このまま手を砕いても構わないんだよ？」

「ひぃ……！」

その言葉と俺の力に耐えかねて、腰を抜かしそうなペター。

なんとも脆弱な心に感心しつつも、俺は掴まれていた襟《えり》を正して言った。

「さて、異論があれば聞きますが、アリスのことを貶しめた場合には、命の保証はできません。今の私なら、剣がなくとも、片手であなたの頭蓋を砕いて、この世とさよならさせることも可能ですから」

「エクスさん、それ、脅迫では……」

「ライトくん、時にはこのような行いも必要なのです。特にプライドが高いだけのボンクラが相手ならね」

権力者の子供というのは、よっぽどの人格者でない限り、ボンクラになる可能性が高い。

むしろライトがここまで真っ当に育ったことに、俺は奇跡を感じるくらいだ。

「そういうものですか」

「そういうものです。プライドは必要ですが、それにしがみつくだけのボンクラには、全く価値がありません」

「そうですか、勉強になります」

自分の兄をボンクラ呼ばわりされても、態度が変わらないのは、結構すごいと思う。

将来、大物になれる器だね。うん。

「さて、で？　あなたはいつまでそこに倒れているのですか？」

その言葉にびくんと反応する兄の方に、俺はゆっくり近づいて言った。

「先ほどまでの虚勢は偽りですか？」

「く、くるな……！」

「まさかこの程度の威嚇《いかく》でびびったのですか？　さすがにそれは脆すぎですよー」

「うるさい化け物！　貴様が裏切ったせいで、俺とマリアは……」

「はぁ……あの、その妄想を話すのは構いませんが、そんな未来は永遠に来ません。早い話、あなたはマリアに利用されて捨てられておしまい。それが真実です」

俺は懐から髪留めを取り出すと、彼に放り投げた。

「マリアの伝言です。『不要になったから返す』だそうです」

「そんな……」

「その髪留め、あなたが買ってあげたものだそうですね。親の金で」

「だ、だったらなんだ」

「趣味が悪いとマリアが笑っていたのを知ってましたか？」

半分くらいは実話なのでマイルドに話すが、彼は顔面を蒼白にして、ポツリと呟いた。

「どこで間違ったのだろう……」

「最初からですね。そもそもマリアにはあなたは眼中になかったのですから」

「そんなこと……」

「ないと否定できますか？」

黙り込む彼に、俺は笑って言った。

「結局、あなたのことを真に理解してくれる可愛い女の子なんていませんよ。いくら親の金や権力で集まってきても、それは光につられる蛾《が》と同じです」

「……お前は俺を馬鹿にしにきたのか？」

「とんでもない。むしろ、逆ですよ」

「逆だと？」

「ええ、あなたはすごく傲慢で面倒な人間ですが、プライドが高くて見栄っ張りなところは、使えなくはありません」

ポカーンとする彼に、俺はそのまま続けて言った。

「つまり、あなたは傀儡《かいらい》としてちょうどいいのです。頭が空っぽで、すぐ心が挫ける面倒な人間ですが、それらをカバーして取り繕う傲慢さは持っている。だから言います。私の傀儡になりませんか？」

そうして彼に手を伸ばす。

これからの人生、俺の操り人形になれという無茶な注文だが、心が折れかけた彼を引き込むのは、えらく簡単だった。

まあ、使い道がなさそうな道具でも、キープしておくに越したことはないからね。

7章　初デート

「突然だけど、デートって知っている？」

「でーと？」

キョトンとするアリスだったが、しばらく考えてから思い出したように手を叩いて言った。

「聞いたことがあります。なんでも、平民の方の逢い引きのことをそう呼ぶと」

「うん、それをしたいんだけど、どうかな？」

乙女ゲーム『ラブリー☆プリンセス』の攻略対象も、残るは1人。

そのタイミングで俺がアリスに提案したのはデートだった。

この世界にもデートという言葉があるのは驚きだけど、まあ似たような言葉が生まれててもおかしくはないだろう。

そんなことはさておき、俺の提案にアリスは少しだけ顔を赤くして聞いてきた。

「そ、それは……私とエクスが2人で逢い引きをするということですか？」

「まあそうだね」

「私は嬉しいですが……どちらへ行かれるのですか？」

「町の北側に行くつもりだけど、どこか、行きたいところはある？」

そう聞くと、アリスは少しだけ考えてから答えた。

「実はあまり地理には明るくなくて……その、どこに行きたいのかも分からないです」

「そっか、アリスはあまり外出できないからね」

公爵令嬢で、王子の元婚約者ともなれば、その重責から、息抜きに出掛けることもままならなかったのだろう。

そうでなくても貴族というのは、通常は馬車で移動するので地理に明るい人は少ないだろう。

「なら、ぜひ一緒に出掛けよう。町を歩いて色んなものを俺と一緒に見て聞いて感じて、楽しもうよ」

「エクス……あの、そもそも、そんなに簡単に外出できるんですか？　警備の問題とか……」

「ああ、その辺は大丈夫。何しろ最強のボディーガードがついているからね」

本来なら警備に人手をさく必要があり、諸々の手続きが面倒だけど、とりあえず俺一人で、この国の騎士１０００人くらいまでなら捌《さば》ける自信がある。

なぜそんなことを言えるかって？

実際に試したからね。精鋭騎士団を相手に、見学と称して実力を計ってみた結果の統計だ。

さすがに騎士団長である父親クラスになると１人が限界だが、そもそもトップがいかれているだけで、この世界の騎士の基本的な戦闘能力はそれほど高くない。

いや、高いのだろうけど……エクスが強すぎるのか？　本気でチートと言えるほどのスペックを持っているのでヤバいのだが……。

騎士団メンバーに聞いてみたところ、賊でも騎士団メンバーの半分くらいの実力がせいぜいだそうだ。それを信じるなら、俺がいれば大がかりな警備は必要ないことになる。

まあ、念のため影として何人かには待機してもらうが、基本的に俺だけで問題ないだろう。

ここまで聞くと、いかにも俺がこの世界を舐めているようだが、全く油断はしていない。

常に相手が自分より格上の場合を想定して動く。

地形を理解し、戦略を考えて行動することが大切だ。

あらかじめ下見をして、おおよそ考えられる最悪のケースを想定し、アリスを逃がすための手はずを整える。

そのために何度か町に通って顔馴染みを作った。あとはアリス次第だが……

「ミスティ公爵には許しを得ているから、あとはアリスが決めていいよ」

「私は……エクスとなら行きたいです。でも、本当にいいのですか？」

「ああ、俺はアリスとデートしたいんだ」

というか、アリスとのデートのためだから、ここまで必死になったんだ！

いや、もちろん、別の目的もあるけど、真の目的はアリスとのデートだ。

結婚するまでに、できれば何度か婚約者としてデートをしたいのだ！

お店を巡って、買い食いして、一緒に笑って楽しみたいのだ。

貴族らしからぬことは分かっているが、そういうご褒美くらいは欲しいのだ。

アリスはしばらく黙ってから、クスリと笑って言った。

「エクスはいつもそうやって、私を簡単に拐ってくれますね」

「そうかな？」

「はい、あの時も今も、エクスは私を拐ってくれます……本当は、エクスと2人で町を歩いてみたかったのです。でも、私は公爵家の娘ですから、そんなことを言うわけにはいきません。私のワガママで皆さんに迷惑をかけられませんから」

どこまでも優しいこの子に胸を撃ち抜かれ続け、蜂の巣にされても、俺は笑顔で言った。

「なら、俺にはたくさんワガママ言ってよ。どんなワガママでも迷惑にはならないから」

「エクス……はい」

微笑むアリス。

そんな表情すら愛しくて、俺はアリスを引き寄せると、そのまま優しく抱き締めて言った。

「すまない。可愛いアリスを見ていたら、俺がワガママを言いたくなった」

「はぅ……だ、大丈夫です。エクスが大丈夫って言ってくれたので、私も大丈夫です。エクスも私にワガママを言ってください」

「ああ、それならしばらく抱き締めていても構わないな？」

「はい……」

そうして俺とアリスのデートが決定したわけだが、デートといっても、やることはいつもと変わらないじゃんというツッコミは、なしでお願いします。

いつもイチャイチャしていても、デートと日常ではイチャイチャの質が違うから。うん。

◆◇◆◇◆

「おう。帰ったか、エクス」

アリスを愛でてから屋敷に戻ると、タイミングよく父上と出くわした。

「ただいま戻りました。父上は本日のお城での勤めが終わったところですか？」

「ああ。もっとも私には剣を振る以外に能がないから、雑務は部下に任せているがな」

「そうですか……」

なんとも似た者親子らしい。脳筋なのは父親譲りか。

「時に、エクス。何やら近頃、急激に成長してると聞いたが、本当か？」

「成長ですか？」

「うむ、部下に聞いたが、精鋭騎士団相手に１人で圧勝してみせたとか。なかなか強くなったようだな」

「あの、父上は自分より格上の相手に会ったことはありますか？」

そう聞くと、父上はしばらく悩んでから頷いて言った。

「一応はな。私がこの世で勝てなかったのは、後にも先にも２人だけ。私の父親、つまりお前の祖父のメビウス・ロストと、私の生涯の天敵のあいつだけだ」

「あいつ？」

「いずれお前も知ることになるだろうが、今は話せん。ただ言えるのは、私では奴には勝てなかったということだ」

何それ……この化け物が勝てないって、ヤバいかもしれないいな。

それにしても、なんでいきなりそんな少年漫画的なフラグが発生したのか疑問だ。少なくとも、俺が知る乙女ゲームにはそんなイベントはない。完全に別件だろう。

まあ、アリスを守るためには、もっと力が必要なのかもしれない。それなら……

「父上、今から少しだけ手合わせ願えませんか？」

「ん？　構わないが……どうしたのだ、突然」

「いえ、可愛い婚約者をエスコートするために、父上を越えておきたいのです」

そう言うと、面白そうに笑って父上は頷いた。

「よかろう、相手になる」

自宅にある訓練場に移動して準備をすると、父上は抜き身の真剣をこちらに投げてきた。

「せっかくだ。これでどうだ？」

「構いませんよ。木刀も真剣もたいした差はありませんから」

「ふ、抜かしおるな」

「それと、せっかくですから身体強化魔法も使いませんか？」

「構わんが……さすがにここでは無理だな。私が身体強化を使うと訓練場が崩壊しかねない。ましてや、お前と2人ならさらにマズいだろう」

「仕方ありません。ではそれはまたの機会にしましょう」

剣を拾って、軽く素振りをする。

そこそこよさげな剣だ。これなら大丈夫だろう。

せっかく自分より格上と戦うんだ。できれば身体強化魔法ありでの実力を知りたかったが、この世界での格上がどれくらい遠いのかさえ分かればいい。

「それじゃあ、立ち会いはいないが……始めるか」

そう言って剣を構えると、途端に目付きが変わる父上。

先ほどの明るい父親から打って変わって、騎士団長としての気迫が伝わってくる。

子供相手にマジになる親とかありですか……まあ、はなからそのつもりだからいいけど。

俺も剣を構える。

お互い睨み合って——その時はきた。一瞬の静寂の中、先に仕掛けてきたのは父上だった。


「ふ！」

鋭い一撃。

今まで見てきた中でもっとも早いそれをなんとかいなして、俺から仕掛ける。

それを見て父上は口元を緩ませると、足払いをしてきた。

騎士団長のくせに足払いとかありかよ！　と思いつつ、俺はなんとか空中で一回転して体勢を整えるが、それより早く父上の攻撃がくる。

間に合うか——そんな気持ちで、俺も崩れた体勢のままで攻撃をする。

互いの攻撃は、互いの頬をかすってから、一筋の傷となって現れる。

それを無視して、俺は後ろに一度下がって構え直す。

父上は頬にできた傷を見て笑顔で言った。

「やるではないかエクス。私の体に傷をつけたのは、お前が久しぶりだ」

「父上こそ、子供を本気で殺しにくるとは思いませんでした」

どの攻撃も、確実に俺をしとめるためのものだった。

本気なのだろう。とはいえ、余力を感じるのは、おそらく多少はセーブしているからだろう。

これに身体強化なんて加えたら、確かにデタラメな力になるな。

垂れてくる血を俺が拭うと、父上は好戦的な笑顔で言った。

「私の息子ならこの程度は避けて当然だろう」

「高い評価は感謝しますが、顔はやめてください。アリスに会ったときに心配されるので」

「なら、うまく避けることだ」

そうして剣を構えながら父上は言った。

「来るがいい、エクス。今のお前がどこまで私に対抗できるか、試してやる」

「では、胸を借りましょう。どうせ貸してもらえるなら、アリスの胸がいいですが」

「私だって、貸すならお前の母上がいいさ」

そんな軽口を叩きながら、俺と父上は剣を振るった。

何度も死にそうになりながらも、何度も殺せそうな状況まで持ち込む。

どれだけ早く動いても、向こうも対抗してそれより早く攻撃をしかけてくるので、休む暇はなかったが、時折見えた父上の表情はかなり嬉しそうに見えた。

そうして何時間かやりあった。使用人が止めても聞かなくて、最後は母上に顔面に石を投げられてようやく止まったが……一番ビックリしたのは、母上のコントロールのよさだった。さすが、現役騎士団長の嫁はパワフルですね。


「全く……2人とも反省してください」

そう怒るのは俺の母親であり、現騎士団長の妻、つまりロスト子爵家の子爵夫人の、マキナ・ロストだ。

小柄な外見とは異なりパワフルな彼女は、やはり騎士団長の妻にふさわしい風格を持ち合わせている。

というか、親子の訓練を止めるために顔面に石を投げるパワフルさってどうなんだろう？

「すまんな、マキナ。あまりにもエクスが強くなっていて楽しくてな。やはり今度じっくり身体強化魔法ありでやってみたいものだ」

「そ・れ・で、訓練場を破壊する馬鹿がいますか！　全く……ベクトル、あなたが加減しないでどうするのですか」

「しかしだな、エクスを前に加減などできるわけもなく――」

「言い訳はしない」

「すみませんでした」

ギロリと睨まれて呆気なく敗北する父上。

あっさり尻に敷かれているが、理想的な夫婦仲に呆然としていると、矛先はこちらに向いた。

「エクスも、お父様の挑発に乗らないの」

「すみません。父上を訓練に誘ったのは私なんです。責任は私にあります」

「そうなの？　それでも、訓練場を壊すくらいに暴れたのはこの人なんでしょ？　なら同罪ね」

「すみません母上。あと、母上コントロールがいいのですね」

そう言うと、母上はポカンとしてから笑って言った。

「当たり前よ。何年この人の妻をやってると思うの。これでも普通の令嬢よりは強いわよ」

「逞《たくま》しい限りです。ただ、できればアリスにはそういうことは教えないでください」

「アリスちゃんね……近いうちに連れてきなさいよ。久しぶりに会いたいし、それにあの子が私の後釜になるのよね？」

その言葉に頷いてから言った。

「ええ、卒業したら私の元に来てもらうつもりです。式も早めに行います」

「そう……それにしても、ここ最近のあなたには驚くわ」

「と、言いますと？」

「騎士団に入るのを嫌がってたあなたが、いきなりやる気になって、しかも堕落して追いかけていた女をスパッと切り捨てて、アリスちゃんを落とすとは思わなかったわ」

まあ、そういう見方になるよな。俺はそれに頷いてから言った。

「過去の愚かな行いを悔いて、好きな人に気持ちを伝えただけです。特別なことは何もしていません」

「いえ、ずいぶんと変わったものね。まるで別人みたいだけど、何があってもあなたが私の息子なのは変わらないわ」

「ありがとうございます、母上」

「それはともかく……あなた、最近色々やっているみたいだけど、大丈夫なの？」

おそらく乙女ゲーム関係での動きだろう。俺は頷いた。

「大丈夫です。ロスト子爵家に迷惑はかけません」

「迷惑とかいう問題ではないわよ。何かやってるのはいいけど、あまり無理はしちゃダメよ？

アリスちゃんだってそこまで望んでないだろうし」

さすがは母上。俺がアリスのために動いてることを知っているようだ。俺は頷いた。

「大丈夫です。そこら辺も考えて動いてますから。何より私は、今はアリスを少しでも愛でるために、じゃまなものを排除している段階です。その掃除が終われば一段落しますから」

「そう……なんだかずいぶんと変わったわね。まあ、アリスちゃんからしたら、そんなエクスが格好いいのかしら？　使用人から聞いたわよ。アリスちゃんとラブラブだって」

その通りだが、人から言われると少しだけ恥ずかしくなる……いやいや、恥ずかしくなる必要なんてない。当たり前のことだからね。

使用人からそんな情報が流れるとは思わなかったが……まあ確かに、そういう報告はするだろうね。

俺が調べた限りでは、ロスト子爵家の使用人には怪しい人間はいなかった。

職務に忠実ないい使用人ばかりなので、裏切り者が出ないことを祈る。

知り合いを斬るのは不快だからね。

そんなことは口にはせずに俺は言った。

「ラブラブとはおそれ多い。まだまだこれからですよ」

「あら、そうなの？」

「ええ、母上は父上とはどうなのですか？」

「そうね……ラブラブだけど、この人ったら、仕事にかまけて私の相手はしないから、拗《す》ねちやうわ」

「そ、そんなことないだろ？」

「ええ、拗ねて浮気でもしてやろうかと思ったくらいよ」

「えぇっ⁉」

その言葉に目を丸くする父上を見て、母上は笑った。

「冗談です。そんなに暇ではありませんよ」

「暇ならばしていたのか……」

遠い目をする父上。まあ、それは自業自得なので仕方ない。

俺が騎士団長になったら、なるべくアリスとの時間を作るために頑張ろうと思った。

アリスのために、というか、それで仕事が疎かになるようなことは決してあってはならない。

むしろ、アリスがいるからこそ、効率よく仕事が終わるくらいのレベルでないといけない。

というか、そういうイケメンに私はなりたい。

いや、ならないといけない。周りからの評価など本来はどうでもいいが、アリスのためには上げておいて損はない。

アリスが自慢できるような俺でありたいものだ。

イケメン騎士団長エクスになるために、努力を惜しまない。

そんなことを思いつつ、俺は家族との時間を過ごすのだった。

◆◇◆◇◆

「わぁ……すごい人ですね」

賑わう市場に、そんな可愛い感想をもらすアリスを愛でたくなる気持ちを抑えて、俺は言った。

「このあたりは、ロスト子爵家が管理する領地の一つだからね」

「そうでしたか。あれ？　でも確かロスト子爵家の領地ってもっと遠かったような」

「さすがアリスだね。うん、元々の領地はもっと辺境なんだけど、ここは今のロスト子爵家の当主、騎士団長の俺の父親が、戦の報酬で得た領地なんだ」

かつての戦争で大活躍した父上は、その功績から《戦鬼》と恐れられているそうだ。まあ、本当は姫様との結婚の話や爵位を上げる話があったそうだけど、父上は母上一筋でそれらの話を断り、その代わりにと、ある貴族から領地を奪ったそうだ。

それがここなのだが、元々この領地はかなり横暴な貴族が領主をしていたそうで、それを見かねた父上が、その貴族から領地を奪って、貴族としての力を削ぎ落としたそうだ。

なんともヒーローみたいな人だが、実際この領地では、あの人はかなり敬愛されているようで、その息子の俺も、何度か父上とお忍びで来ては領民と交流したものだ。

と言っても、前のエクスの話だけどね。

「それにしても……アリスは何を着ても似合うね」

「そうですか？」

俺もアリスもお忍びなので、本日の服装は平民スタイルにあわせてある。

もちろんなるべくいいものを用意したが、清楚《せいそ》な感じでアリスの魅力を引き立てていた。

「うん、やはり可愛い。さすが俺のアリスだ」

「えへへ……エクスも格好いいです」

「そうか？　なら嬉しいよ」

なんでこんなに可愛いのだろう、アリスは。

ああ、ダメだ。抑えられないほどにアリスを愛でたくなる。

気分を落ち着かせるために、俺はアリスと手をつないで店を回ることにした。

最初の店ではポーラという羊に似たこの世界の生き物の肉を串に刺して焼いたものを売っており、おじさんは俺を見てから驚いたように言った。

「これはこれは、坊っちゃん。大きくなりやしたな」

「こんにちは、おじさん。あと、坊っちゃんはやめてよ。これでももう少しで家督を継ぐからね」

「そうですかい。とすると、隣の方はもしかして……」

「ああ、婚約者のアリスだ。今日はお忍びでデートなんだ」

「ミスティ公爵様の……なるほど、噂は本当だったんですかい」

「噂？」

「ええ、坊っちゃんが王子様から婚約者を奪ったっていう話ですよ」

どうやらここまで噂が広がっていたようだ。

おじさんとの話が聞こえたのか、こちらをチラチラ見る人がいるので、俺は少しだけ声を大きくしつつ、アリスを抱き寄せて言った。

「まあ、好きな気持ちが抑えられなくてね。長年の初恋が実って今は幸せだよ」

「そうですかい。それはそれは、おめでとうございやす」

「ありがとう。あと、それをもらいたいんだけど、いくらだい？」

「いえ、お代は結構です」

思わぬ申し出にアリスと顔を見合わせると、おじさんは微笑んで言った。

「未来の領主様にはよくしておかないといけやせんからね。これはささやかな、あっしからの婚約祝いです」

「おじさん……ありがとう」

「いえいえ。そうしていると、何だかベクトル様とマキナ様がお忍びでデートをしていたのを思い出します」

「それは初耳だな」

「坊っちゃんがまだ小さい頃ですから」

「そうか……なら、あの2人を越えるほどにイチャイチャするさ」

その言葉にアリスは顔を赤くして、俺の胸に顔を埋めてくる。

そんな可愛い様子に満足していると、ポカーンとしてからおじさんは笑って言った。

「これはこれは、もはや間違いなくお2人を越えてやすぜ。何しろベクトル様はマキナ様をそんな表情にすることはありやせんでしたからね」

「そうか。ならあの2人は昔から安定した夫婦だったのだろう」

「ちげえねぇです。そういえば、坊っちゃんは騎士団には入るんですかい?」

「ああ、いずれは父上を越える騎士になるさ。この前もあと少しで勝てそうだったからね」

まあ、身体強化なしでだけど、かなり惜しいところまでいった。

母上の中断がなければ、どこまで続いていたか分からない。

間違いなく近くまでは来ていることが分かった。あとは、これからの訓練次第だろう。騎士団に入るまでの1年で父上を越えてみせる。

そんな俺の言葉にアリスは微笑んで言った。

「エクスならきっと勝てますよ」

「ありがとう、アリス。そういえば母上が、そのうち会いたいと言っていたけど、時間取れるかな？」

「ふぇ⁉　お、お義母様がですか？」

「ああ、大丈夫。むしろ好意的な反応だったから、アリスは心配することはないよ」

「そ、そうですか。エクスとの婚約に反対されたら、どうしようかと心配になりまして」

そんな可愛い心配をするアリスに、俺は抱き締めてキスの嵐をしたくなるのを抑えて微笑んで言った。

「大丈夫。俺とアリスの結婚を阻むものは俺が排除するから。アリスは何も心配しなくていいよ」

「エクス……はい！」

嬉しそうに微笑むアリスと俺がイチャイチャしているのを、おじさんや近くにいた他の人たちが温かい目で見てくれていたのがありがたかった。

しばらく市場を冷やかしつつ、馴染みの顔を見かけたら話して、珍しいものを見つけては2人で笑っていると、ふと、アリスがある店の前で立ち止まった。

いわゆるアクセサリーショップだが、普段アリスが目にするようなものではなく、ハッキリ言うと玩具に近いレベルの代物ばかりなのだが、アリスは呟いた。

「綺麗……」

「気になるものでもあった？」

「あ……はい。エクス、あの、これ綺麗じゃないですか？」

「どれどれ」

アリスが指差したものを見ると、それはいわゆる天然石というのか、鉱石までいかないくらいの品質の石を加工して作った指輪で、確かに綺麗な色をしていた。

俺は思わずそれを手にすると、アリスの指を触ってから大きさを確認して店員に言った。

「これをもらいたい。いくらだ？」

「え、エクス？　私別に欲しいとは言ってないんですが……」

「そうなのか。ならこれは今日の記念にプレゼントさせてもらおう」

デートでアリスに贈り物をするのは嬉しいが、思ったより安いので少しだけ不安になる……

まあ、品質はよさそうだし、アリスも欲しそうにしているので問題ないだろう。

プレゼントは値段より気持ちが大事だからね。

アクセサリーショップのおじさんは指輪を買う俺を見て、ニヤリと笑っていた。

まるでそう……『坊主、頑張りなよ』と言わんばかりの笑みだ。

そうして買った指輪をアリスに渡そうとして、俺は少しだけ考えてから、アリスの薬指に指輪をそっとはめた。

「え、エクス……これは……？」

「嫌なら外してくれても構わないけど、正式な結婚指輪までの代用にと思ってね。ダメかな？」

「いえ、嬉しいですが……いいのですか？」

「むしろ、俺が聞きたいくらいだ。安物の指輪で嫌にならないかどうか」

「そんなこと！　むしろ、エクスからの贈り物は嬉しいです。私大切にします」

そう言って嬉しそうに薬指にはめた指輪を眺めるアリス。

可愛い反応に嬉しくなるが、こうなったら結婚式までには、なんとしても最高の一品を作ろうと決意するのだった。

しばらく指輪を眺めていたアリスは、ハッとしてからこちらを見て言った。

「私も何かエクスにお返しがしたいのですが……」

「んー、ならお願いを聞いてもらいたいな」

「お願いですか？」

「うん」

下手にここで遠慮するのは相手に失礼になるケースが多い。

なので、こういう時の対応は、相手に負担をかけずに、なおかつ幸せになれる選択肢を選ぶことが必要。すなわち。

「なら、今からお姫様抱っこをするから、絶対に目を開けちゃダメだよ？」

「ふぇ？」

驚くアリスをあっさりと捕まえて、お姫様抱っこをした俺は、後ろから迫りくる剣を避ける。

アリスはしばらくポカーンとしていたが、俺たちが襲われていることを理解したのか、こちらを心配そうに見て聞いてきた。

「エクス、これは……」

「大方、どっかの馬鹿が私怨でやらかしたんだろう」

複数でこちらを囲む相手は、おそらく素人ではない。

とはいえ、騎士ほど上品でもない。おそらく金で雇われた賊だろう。

全く、せっかくのデートに水を差すとは。

少しだけイラッとしつつも、不安そうにこちらを見るアリスが視界に入ったので、俺は優しく微笑んで言った。

「大丈夫。何があろうとアリスは俺が守るから」

「エクス……」

「だから、俺を信じて目を瞑っていて。俺に身体を預けて。絶対に守ってみせるから」

「はい」

その言葉に素直に応じるアリスに微笑んでから、俺は視線を凍てつかせて賊を見て言った。

「失せろ。今なら見逃してやる」

「悪いが、あんたをボコれ、と命令されてるんだよ」

「そうか、ずいぶんと優しい奴がいたものだ。俺が依頼主なら、とことん痛めつけてからしっかりと絶望を植え付けてやるがな」

「へぇー、こりゃ驚いた。ただの貴族のボンボンだと聞いていたが……中身は鬼畜でも入ってるのか？」

そう話しながら、何度か仕掛けてくる相手に、俺は表情を変えずに言った。

「やめとけ。命は大事にしないとな」

「お荷物を抱えて偉そうに言えるのか？」

「お荷物じゃない――」

斬りかかってきた相手の剣を、俺は漫画みたいに足で叩き折ると言った。

「俺の大切な人だ」

「おいおい……何だよこれ」

砕かれた剣を見て顔色を変えた賊の男は、無理を悟ったのか、剣を放り投げて言った。

「ダメだなこりゃ……どうやっても勝てっこないな」

「か、頭《かしら》！　何を弱気なことを言ってるんですか！　人数いるんですよ、まとめて畳んじまえば……」

「やめとけ、返り討ちにされる。その嬢ちゃんを抱えながらでも、俺たちを瞬殺できるよ、こいつは」

「くそ！　ならせめて女だけでも……！」

そう言って襲いかかってくる男の顔面に飛び蹴りを入れてから、俺は他のメンバーを見渡して言った。

「今から10数える間に降伏すれば、命はとらないでやる。ただし……アリスに害をなすなら、この場でこの世とはさよならになるが、その覚悟のある奴はかかってこい」

◆◇◆◇◆

「今日は怖がらせて、ごめんね」

賊を俺の私兵に任せてからそう言うと、アリスは首を振って答えた。

「エクスは何も悪くないですよ。私を守ってくださったのですから」

「アリス……」

「それにその……嬉しかったです。お姫様抱っこ」

そう笑うアリス。うん、可愛い。

やはり、俺のアリスを危険にさらした責任は、あとできちんと取ってもらおう。

そう思っていると、アリスが俺の手を握って言った。

「すごいですね、エクスは。私は黙って見ていることしかできませんでした」

「そんなことないよ。アリスが側にいるだけで元気をもらえるからね」

「だと嬉しいです」

本当に、アリスがいるだけで、俺の戦闘力は何桁か上がるからね。

もうアリスなしでは生きていけないよ（意味深）。

「そういえば、私は目を瞑っていてよく分からなかったんですけど、あの人たちは何が目的だったのですか？」

「うーん、多分、俺を狙ってきたんだろうけど……」

完全な私怨なのだろう。

あの程度のごろつきを雇う金があり、なおかつ俺に恨みを持つ人間は、1人しか思いつかない。

というか、いつかは仕掛けてくると思っていたが、まさかこうも簡単に尻尾を出してくるとは思わなかったので、驚いているくらいだ。

誤算だったのは、賊の質が低かったことと、アリスの目の前で戦う状況になったことだが、それもアリスをお姫様抱っこする正当な理由になったので、いいだろう。

そうか、お姫様抱っこ……

「アリス。今日のデートの最後に行きたい場所があるんだけど、いいかな？」

「はい、どこですか？」

「その前にお願いを聞いてもらえるかな？」

「お願いですか？」

「今から何をしても目を瞑っててくれる？」

「えっと……分かりました」

そう言って、素直に目を瞑るアリス。

ここまで従順だと少しだけ不安にもなるが、そんなことは口にせずに、俺はアリスを抱き上げて、本日2度目のお姫様抱っこをする。

「きゃっ……エクス？」

「このまま連れていくけど、いいかな？」

「う、嬉しいですけど、重くないですか？」

「むしろ軽すぎて困るくらいだよ」

ただでさえ華奢《きゃしゃ》なアリスを、人外的な筋力を持つエクスが抱えるのだから、その軽さたるや、ほとんど重さを感じないレベルだ。

アリスが標準より軽いのを差し引いても、人1人をお姫様抱っこして余裕なのは、やはりおかしいかもしれない、と今さらながら思うのだった。

アリスに負担がかからないように慎重に移動する間、アリスは何度か目を開けては俺を見て顔を赤くしているので、意識されているのが分かる。

俺もこんな近くにアリスがいると、ついついイタズラしそうになるが、なんとか堪える。

そうしてたどり着いた場所で、俺はアリスに優しく言った。

「もう、目を開けてもいいよ」

「はい……わぁ！」

見渡すばかりの花畑。

女の子が喜びそうな風景にアリスが見入っていることを確認して、俺は言った。

「この辺で一番綺麗な花畑らしい。アリスと来ようと思ってね」

「すごいです……うちの庭園とはまた別の自然さがいいですね」

「こういう場所はなかなか1人では来づらくてね。それにアリスにはやはり花が似合う」

「そうですか？」

「ああ」

女の子と花というのは最高の組み合わせだが、アリスと花畑はそれを越える最高以上のものだろう。

むしろアリスが眩《まぶ》しすぎて、何を組み合わせても至高のものになってしまう。

「あの……ところで私はいつまでこの格好なのですか？」

「うん？　降りたいなら降ろすよ。でもいいの？」

「もう、エクスは意地悪ですね」

「そうかな。本音を言えば、アリスをこうしてお姫様抱っこするのが楽しくて仕方ないんだよ。だから、これからも時折でいいからお姫様抱っこしてもいいかな？」

そう聞くと、アリスは少しだけ恥ずかしそうにしつつも頷いて言った。

「嬉しいです。エクスに……好きな人にこうしてお姫様抱っこしてもらうのは、昔からの夢の一つですから」

「他にどんな夢があるの？」

「それは……い、言えません」

「それは残念」

えらく可愛い夢にほっこりしつつも、一度地面に降ろすと、アリスは少しだけ寂しそうな表情をしたので、俺は即座にアリスの手をとって恋人つなぎすると優しく言った。

「こうして花畑を巡るのもいいでしょ？　心配しなくても、後でもう一度お姫様抱っこするからね」

「もう、子供扱いしないでください」

「なら、大人の扱いをしてもいいんだね」

「え？」

そうして唖然とするアリスの唇をあっさりと奪うと、俺は微笑んで言った。

「もっと大人の扱いもできるけど……する？」

「い、いえ……大丈夫です」

「本当に？　実はキスにはさらに深い大人のキスというものがあるそうだよ。もしアリスが望むならしたいけど……その様子では当分先になりそうだね」

先ほどのキスだけでもいっぱいいっぱいで、ここでさらに大人のキスなんてワードが出てきたことで、アリスの脳はショートしているようだった。

真っ赤な顔でうるうるしている瞳はかなりそそるものがあるけど我慢した。

俺はきちんと我慢のできる男。だからアリスが望まないことはしないのだ。

そんなことを考えつつ、花畑を満喫するのだった。

そうして存分にアリスとの時間を楽しんでいると、早いものでお忍びのデートも終盤にさしかかっていた。花畑を見ながらアリスは呟いた。

「一日がこんなに早いなんて知りませんでした」

「そうだね。俺も同じ気持ちだよ」

「はい……今日はいつもより長くエクスと一緒にいられました。すごく充実した一日でしたが、こんなに帰りたくないと思うのはワガママなんでしょうか」

そう言ってアリスは俺に近づいてくると、寂しそうに微笑んだ。

その表情を見た俺は、思わずアリスを抱き締めていた。

「え、エクス？」

「ワガママなんかじゃないよ。そう思ってくれたなら、俺が今日頑張った甲斐があったよ」

「エクス……」

今日の一日を作るために頑張った甲斐があった。

スケジュールの調整や警護の件、そして目標人物の動向など、他の要因の全てを天秤にかけてから行ったことだけど、好評なら次もぜひやりたい。

こうしてお忍びでデートすると、2人きりをより一層意識できるので嬉しくなる。

別にいつものイチャイチャに不満はないが、たまにはこういう外でのイベントも必要だろう。

学園を卒業するまで残り1年に満たないくらいだ。

卒業したら俺は騎士団に入り、アリスと結婚する。

婚約者という関係から夫婦へ変わっていくが、そうなる前に少しでも、これまで無為にしてきた時間を補うように、アリスと一緒にいたい。

まあ、恋人という関係を楽しみたいのだ。

プラトニックな関係？　大いに結構。

そういう恋人がいてもおかしくない。むしろその方が、浮気の可能性を消せていい。

まあ、アリスが浮気をする可能性はかなり低いが、仮にしたとしても、俺はアリスには何もしないよ。

うん、アリスにはね。相手には、この世に生まれたことを後悔しながら無惨に死んでもらうか、永遠に死んだ方がマシという目にあわせてやるつもりではある。

なんだか俺がヤンデレみたいだけど、俺は破壊的な愛は決して求めていない。

求めるのはアリスの幸せ。だから自分勝手な想いで動くつもりは……多分ない。

断言はできないよ。人間だもの。まあ、もしもアリスが俺以上に一緒になりたいという男がいたら、最悪アリスの幸せのために引き下がるつもりはあるよ。

そして、そのあとに首を吊って死ね……るのかな？　いや、この身体、スペック高すぎて、どうやったら死ねるのか分からないんだよね。

心臓を潰せば多分大丈夫なんだろうけど、心臓まで剣が届くのか気になる。

そんな化け物みたいなことはないはずだけど、まあ、いざとなったら、そういう決意はある。

「ねえ、アリス。俺はね、アリスの全部が好きだよ」

可愛いところ、我慢しちゃうところ、欠点も何もかも含めて全てが愛しい。

きっとこんなに人を好きになることは二度とないだろう。それくらいに俺はアリスが好きだ。

「だからもっと、俺に頼っていいんだよ」

「でも……私、エクスに迷惑しかかけられなくて」

「迷惑なんていっぱいかけてよ。全て受け入れるから」

「……本当に、私はエクスに頼っていいのですか？」

そう聞いてくるアリスに俺は頷き、騎士が誓うように地面に膝を立てた、そしてそっとアリスの手を握って言った。

「何年だろうと、何十年だろうと、例え生まれ変わっても、必ずアリスの側にいるよ。絶対にこの手を離さない。アリスが死ぬまで、いや死んでも、絶対にこうして手を離さない」

「私も……エクスの隣に、側にいたいです……」

「ああ、ずっと一緒だ」

そうして俺は、この日改めて誓うのだった。

何があろうと、例え乙女ゲームが俺たちの前に立ちふさがっても、必ずそれらを取り去ってアリスのことを守り抜くと。アリスの側から絶対に離れないと。

そのためには情報と力と権力が必要だ。だからこそ手駒を増やして、もっと強くなる。

例えどんな魔法を使える奴に出くわしても、例え予想外の事態でも、必ずアリスを守れる強さ。この世界で最強の……いや、誰も立ちふさがることがないレベルまで、必ず強くなる。

無駄に力をひけらかす必要はない。重要なのは、この世界の基準と、それを壊せる存在の把握。それに転生者のようなイレギュラーな存在の吸収だろう。

イレギュラーは殺すのが手っ取り早いけど、知識を与えてまた同じ世界に転生されたら面倒だ。場合によっては転生のメカニズムも把握する必要があるかもしれない。しかし、これは急ぐ必要はない。

最優先は、アリスと俺の障害になり得る存在の排除。

やはり乙女ゲームのヒロインなんかは特に注意が必要だろう。

初期ヒロインは一応こちらに取り込んだ。あとは続編とか他の作品のヒロイン次第だけど、こちらはストーリーが不明だから、いつからイベントがあるのか、どんなイベントにアリスが絡んでくるのかが問題だ。

まあ、初期攻略対象の排除は今日中には完了する予定だし、その後にでもじっくり考えるべきだろう。

攻略対象さえ排除できれば、目先の問題は一段落。しばらくはアリスだけに集中できるはずだ。いや、正直アリスをもっと愛でたいけど、問題は先に片付けておかないと、心置きなくイチャイチャできないからね。

そんなことを思いながら、俺はアリスとのデートを楽しんだのだった。

◆◇◆◇◆

アリスを屋敷に送り届け、俺はとある料理屋に来ていた。

いわゆるレストランに近い感じで、貴族でも平民でも入れる店だ。そこで待っていたのは本日の獲物——いや、本日の用事がある人物。

俺が知る乙女ゲームの最後の攻略対象、商人の息子である、マルケス・ステレオが、優雅な出《い》で立ちで座っていた。

「お待ちしておりました。お久しぶりです、エクスさん」

「ああ、久しぶりだな、マルケス。てっきり家で大人しくしていると思ったら、こんなところで夜遊びか」

「ええ、新しい商売で儲かっていますから。エクスさんも順調みたいですね。殿下の婚約者を奪ったことが噂になっていますよ。ま、そんなところに立ってないで座ってください」

店の中を見回し、だいたい把握してから俺は席に座る。

マルケスは慣れた様子で料理を店員に持ってこさせる。

ついでに酒も出されたが、俺はそれを軽く口にするだけにとどめておいた。

この世界では、お酒に年齢制限はない。とはいえ、飲むのはだいたい10歳をすぎてからだ。

儀礼的に飲む傾向が強いので、好んで飲むことはないが、炭酸などのジュース類がないこの世界では、水かお酒のどちらかになりがちなのは仕方ないだろう。

運ばれてきた料理を俺が口にしたのを見届けてから、マルケスは聞いてきた。

「それで？　本日はどのようなご用件ですか？」

「なあに、少しばかり気になる噂を聞いたから、様子を見にきただけだ」

「気になる噂？　エクスさんたちのこと以外に、そんなものがあるのですか？」

「ああ、なんでも近頃、ある商人が幼い子供を拐って人身売買しているという噂を聞いてな。何か知らないかと思って訪ねたんだ」

正確には、さまざまな方法で身売りしかできない状況に追い込んだり、親を殺して子供を売っているなんてものがほとんどだが、俺としてはその件はついででしかない。

確かに外道な行いだけど、俺は決して正義感では動かない。ただ、降りかかる火の粉は払わねばならないのだ。

「それは恐ろしいですね。私の方では何も掴んでおりませんが、そのような行いをしている輩を見かけたら気にとめておきましょう」

「ああ、頼む」

そう言って、俺はわざとらしく注がれた酒を飲みほす。

と、そこで俺は体に違和感を覚えてそのまま机に突っ伏す。

それを見ながらニヤニヤしながらマルケスは言った。

「おやおや、まさか敵の罠に1人で来るとは本当に間抜けですね」

「……毒か？」

「おや？　まだ意識がありましたか。ええ、あなたが口にした酒と料理には、大量の猛毒を仕込んでおきました。それに……」

そう言ってからマルケスが合図をすると、店の客と店員が一斉に武器を取り出してこちらを囲んできた。

「この通り、この店は私たちが占拠しております。助けは来ませんよ」

「……お前たちは、一体何だ？」

「冥士《めいど》の土産に教えて差し上げましょう。私たちは『プロメテウス』。いずれこの国、いえ世界を変える存在。神です」

ドヤ顔で言うと、マルケスは部下の1人に合図をして、俺にトドメをさそうと剣を向けてきた……ので、俺は芝居をやめて、普通にその剣を叩き折ってからため息をつく。

「やれやれ、こんなに簡単に口を割るとは思わなかったが、芝居も疲れる」

「なっ……き、貴様！　なぜ動ける!?　あの毒を口にしたら、どんな生き物でもたちまち動けなくなり、やがては死ぬはずだ！　なのになぜ!?」

「いや、死ぬならトドメさそうとするなよ」

思わずツッコンでしまっていた。

「別に難しいことは何もしていないさ。そもそも俺には毒は効かないからな」

「そんな馬鹿なことが……」

「さっきのありがたい説明のお礼に解説するとな、お前のチンケな企みは最初から分かっていた。店の人間全員が敵なのも、料理に毒が仕込まれていることもな」

あからさますぎる客の入り具合と、分かりやすすぎる毒の仕込みに、正直げんなりしてしまったくらいだ。

毒については、騎士団長の息子として毒への耐性をつける訓練をしたのもそうだが、そもそも俺は身体強化の魔法の影響で、基本的に体を少し活性化させれば、毒を無効化できてしまうのだ。

ちなみに、傷も活性化させればすぐに治る。本当にチートすぎるけど、ありがたいので使わせてもらう。

「さて、とりあえず、この店の人間全員を取っ捕まえるが、その前に聞いておこう。降伏するなら今のうちだぞ?」

「……!? ほざけ! 皆の者、こいつを殺せ!」

その指示で一斉に襲いかかってくる連中を、俺は拳だけで黙らせていく。

途中で逃げようとするマルケスの胸ぐらを掴むと、俺は笑顔で言った。

「今日の俺は機嫌がいいんだ。気絶程度で済ませてやろう」

マルケスを地面に叩きつけ、気絶した彼を引きずりながら他のメンバーを鎮圧していった。

この日、攻略対象の1人である商人の息子のマルケスは、違法な組織とのつながり、ならびに人身売買などの容疑で拘束された。

図らずも攻略対象の1人を消せたので、仕事としては満足だ。

◆◇◆◇◆

「また派手にやったものだね」

一仕事終え、引き取りのために騎士の部隊が到着する。その中によく知る人間がいることに気づいた。

「こんな時間に夜遊びか、リンス？」

「君が何かことを起こすと思ってね。無理を言ってついてきたんだ」

「王太子なんだから、もう少し立場を考えて動いたらどうだ？」

「君がいれば、護衛は必要ないからね。それにしても、そこに倒れてるのはマルケス・ステレオか？」

呑気に気絶している攻略対象を見て、リンスはそう聞いてくる。俺はため息をついた。

「どうも裏で色々と汚いことをやっていたみたいだ。すまんが、こいつの更正は厳しいわ」

「汚いことね……具体的には？」

「人身売買とか、それにおそらくヤバイ薬の売買もしていたんだろうな」

俺は気絶している奴の懐から、いくつかの物を取り出す。

俺に仕込んだ猛毒の他に白い粉があったので、それを見て確信した。

先ほど奴には言わなかったが、奴の発した言葉……『プロメテウス』という組織名を聞いてから、最近隣国で流行っている薬の存在を思い出したのだ。

薬の名前はそのまま『プロメテウス』。幻覚作用と薬物依存の影響がデカい薬で、飲めば一時的に限界を越えて強くなれるそうだ。

ま、そうは言っても実際に強くなるのではなく、肉体の限界を越えて動けるようになるのと、痛覚を麻痺させることでその負荷を抑えるだけなので、ほとんど自滅に近い代物だ。

使用者にはデメリットしかないが、一度使えば止められないのがこの薬の恐ろしいところだ。

リンスは俺が出した薬を見て、苦々しい表情で言った。

「その薬……まさか『プロメテウス』なの？」

「ああ、実際にこいつがさっき組織名を堂々とネタバレしたからな。間違いないだろう」

「ごめん、ネタバレって？」

「ああ、えっとな。事実を伝えることだ」

リンスは少しだけ考えてから呟いた。

「しかし、まさか、我が国にこの薬が出回っているとは思わなかった。君は知っていたのかい？」

「いんや、おそらくこの国には入ってきたばかりなんだろう。だが、早めに潰しておかないと面倒なことになるな」

薬というのは、一度出回ると、あっという間に広がってしまうもの。

それを止めるには、それなりの労力が必要になる。

まあ、そこまで俺が面倒を見るかどうかは別だが。

先のことを考えると、俺が手柄を残してあっさりと騎士団長の椅子に座ってもいいし、仮にやらなかったとすれば場合によってはそのツケが回ってくるかもしれない。

それでアリスに被害が及ぶ可能性を考えると悩みどころだ。

「エクス、頼みがある」

「聞きたくない」

「すでに君には、とんでもなく大きな借りがあるのは百も承知だが、それでも頼みたい。僕と一緒に、この薬をこの国からなくそう」

「力不足だ。他をあたれ」

「君にしかできないんだ。力を貸してくれ」

そう頼まれるが、これ以上深入りすると、アリスとの時間をさらに奪われかねない。

そんなことは許されない。俺は国の危機よりアリスが大切なのだ。

とはいえ、この件で俺は確実に連中から目をつけられただろう。早めに駆除しておかないと、アリスにも火の粉が行きかねない。それはダメだ。

俺はどんなことが起きても耐えられる。だが、アリスに火の粉がかかるなら、俺は何をしても相手を地獄まで叩き落とすだろう。

全く……まさか更正の次は違法組織の撲滅なんて、まるで正義の味方みたいで反吐《へど》が出る。

「全く、大人しく年長者に任せておけばいいんじゃないか？」

「それができないのが僕だからね」

「本当に立派な王太子様でいらっしゃる」

「君が言うことかい？　周りの騎士たちの様子を見て気づかない？」

そう言われて作業中の騎士たちを見ると、皆一様にとても好意的な視線を向けてくる。男からもらっても全く嬉しくないが。リンスは言った。

「皆、君が成したことに敬意を持ってるんだよ。明日にはこのことが広がって、君は密かな英雄になるだろうね。人身売買など違法な組織とつながりがある人間を1人で片付けたヒーローだよ」

「この程度でヒーローを名乗れるのか。安いな、ヒーロー」

「元来それくらい平和な国ってことさ。騎士たちなんて、君が今すぐ騎士団長を名乗ってもついてきてくれるんじゃないかな？」

「だとしても、俺はアリスのために戦ってるだけだ」

「それがひいては国のため、民のためになるのさ」

よく口が回るようで結構なことだ。本当にイケメンというのは口が達者で困る。

俺も地味にイケメンなはずなのに、コミュ力が高くないのは基礎的なスペックの違いなのだろうか？

「それで、どうかな？」

「ま、それで一生返せない貸しを作れるなら悪くない」

「君は本当にミスティ嬢以外にはドライだね」

「当たり前だ。アリス以外にそこまで優しくする理由はない。それと、この件を解決したいなら、お前にもかなり頑張ってもらうことになるが、構わないな」

「ああ、何でもしよう」

「そうか、なら……」

そう言ってから俺はリンスの肩に手を置くと、微笑んで言った。

「とりあえず、隣国の姫様を口説いてもらおうか」

8章　君の元が居場所

　翌日、残り少ない学生生活をアリスと共に楽しむべく登校すると、何やら視線がいつもより多いような気がした。

　目立つようなことはしていないはずだが……しいてあげるならアリスと手をつないでいるが、それこそいつも通りで、最近は皆も見慣れてるはず。首を傾げているとアリスが言った。

「なんだか皆さん、エクスを見てますね」

「そうなのかな？　俺はてっきり、皆がアリスの可愛さに目を奪われてるのかと」

「もう、エクスったら」

「あ、あの！」

　そうして笑っていると、何やら1人の女子生徒が、俺の前に立ちふさがった。

　見覚えのないその子は、俺を真っ直ぐに見ていたので、おそらくアリスの友達というわけではないのだろう。

　まさか、ファン・ラクターの時のような面倒なパターンじゃないよな？　と思っていると、その子は頭を下げて言った。

「ありがとうございます！　ロストさんのお陰で友達が助かりました」

「何かなさったのですか、エクス？」

「はて？　全く心当たりがないけど」

友達を助けた？　俺が見も知らぬ他人の友達を助けたのか？　全く分からない。

考えていると、彼女は嬉しそうな表情で語ってくれた。

「私の友達が悪い商人に捕まって、あと少しで人身売買に出されそうだったんです。その商人から間接的に助けてくれたのがロストさんだと聞きました。昨晩のことです」

「なるほど、そういうことか」

どうやら騎士たちは昨日の手柄を持ち帰らず、俺に恩を売ったというところか。

いや、単純に善意でやってくれたのか。まあ、俺の手柄ではないので、どのみち自慢をするつもりは毛頭ないけどね。

何にしても、お礼の意味が分かって少しだけスッキリした。

しかし、昨日の今日でなんでそんなことを知っているんだ？

「エクス、昨晩とは、どういうことですか？」

「ミスティ様、ロストさんは昨晩、たった1人で、とある闇組織を相手に戦い、多くの人を救ったのです。私の友人もロストさんに救われて大変感謝しております。今は怪我で動けないのですが、後ほど直接お礼を言いたいといっておりました」

「そうですか……エクス、私を送ってからそんなことをしていたのですか？」

「うーん、まあそうね」

アリスからの問いに、思わず視線を反らしてしまう。

別に、誰かを救いたくてやったことではないので、評価なんていらない。それよりもアリスに裏でのことを知られたくないので、反射的に目を反らしてしまう。

やましいことは何一つないが、努力を知られたようで、なんとなく気まずい。

そんな俺を見て、アリスはため息混じりに言った。

「もう、危ないことしちゃダメですよ」

「ああ、危ないことはしないさ。昨日も別に危ないことはしていないよ」

「え？　何十人もの武装した人間を１人も怪我をさせずに気絶させたと聞いていますが。しかも素手で」

そんな余計な情報をもらしてくれる女子生徒。アリスがいなければ闇討ちくらいはしたかもしれない。というか……

「その情報は誰から聞いたんだ？」

「私の兄が昨晩居合わせたそうです。他の人もそれぞれ聞いたみたいで、ロストさんのことを探してました」

「つまり、もう学園中に広まっている、と？」

なんてことだ。これではまるでヒーローみたいじゃないか。

冗談ではない。そんな一方的な他人の評価なんて、まるで価値がない。

俺はアリスだけのヒーローでいたいんだ。やはり目立つ行動はなるべく避けて、他の人間を替え玉に使うべきかもしれないな。

そんなことを考えていると、アリスが俺の胸に飛び込んできた。柔らかい感触に思わず緩みそうになる頬を抑えて俺は聞いた。

「どうかしたの？」

「エクス、無茶しないでください。エクスがそんなことをしたのには、ちゃんと理由があったのでしょう？　現に助かってる人もいます。でも、こうして心配する私のことも、少しだけ気に留めてください。エクスに何かあったらと思うと、私……」

「アリス……」

こんな化け物スペックの俺のことを、こうして真剣に心配してくれるのはアリスくらいだ。

だからこそ、俺は彼女には、決して裏でのことを悟られてはならない。

化け物にできることなんてたかが知れている。

ならば、その化け物の力を使うべきは、この大切な人を守るため。

最近はリンスや攻略対象のせいで、余計な厄介事を背負うハメになったけど、俺はその根元を決して忘れない、と改めて思った。

だから俺は、人目を気にせずにアリスを抱き締めて言った。

「大丈夫。俺は絶対にアリスの側から離れない。昨日も約束しただろ？　ずっと一緒だ」

「はい……」

目の前でラブシーンを見せられて驚く女子生徒には悪いが、もうここは俺とアリスだけの空間なのだ。

だからこそ、見せつけるようにアリスを優しく抱き締める。

こうして、自分のものだとしっかりアピールしておく。

そして、昨日の出来事と関連づけて覚えてもらうのだ。

『騎士団長の息子は婚約者のためなら何でもする』という認識を持ってもらえれば、余計なちょっかいもなくなるだろう。

それにしても、アリスが可愛すぎないだろうか？

◆◇◆◇◆

「それで、俺はなんで、この場に呼ばれたんだ？」

王城のとある一室にて、そんな疑問を口にするのは、攻略対象のメイス王子だ。

ちなみにその他のメンバーはリンスと俺。合計３人、このメンバーで集まってすることは、そんなに多くない。

「メイス様は、隣国のサルバーレ王国についてはご存知ですか？」

「知っている。海に面した、漁業で有名な国だろう？　我が国ともそれなりに長い付き合いがある」

「ええ、我がランドリー王国とも友好的な関係にありますが、もっとも大切なのは、あの国が東の大陸との交易の玄関口になっていることです」

海を挟んで東にはいくつかの国があり、それらの国との貿易がどこよりも盛んなのが、玄関口たるサルバーレ王国だ。

「そのサルバーレ王国は今、大変不安定な情勢にあります。一つは国王暗殺。先代の国王陛下が殺されて、代わりに王太子が国を背負ったのですが、どうにもこの新しい国王は国を上手くまとめられないようなのです」

「無能な王に民がついてくるわけないか……」

「ええ、以前のあなたよりはマシですがね」

軽く毒づいてから俺は続けた。

「そして、一番の問題が、薬の売買と人身売買。いわゆる闇商売の増加です」

「薬の売買？　そんなもの何が問題なのだ？」

「兄さん、この場合の薬は、人体に影響のあるヤバいもののことだよ。使えば気分がよくなるけれど、依存性があって副作用の大きいもののこと」

「そ、そんな危険なものがあるのか⁉」

馬鹿王子の反応をスルーし、俺はリンスの言葉に頷いて言った。

「そして、この騒動の原因には、とある組織が関わっています。それが、『プロメテウス』」

「薬の名前と組織名が一緒なんだね」

「そう、奴らはこの薬で利益をあげつつ、ある種の宗教のように人を増やしているようです」

攻略対象の一人だったマルケス・ステレオは、いつの間にかその組織に関わっていた。

俺がアリスを守ったことで、おそらく彼の生活も一変したのだろうが、同情はしない。アリスを守るためなら、そんな些末なことは捨て置く。外道と言われても、俺は大切なものだけのために全力をつくす。

そんな俺の決意とは裏腹に、王子は若干口元をひくつかせながら聞いてきた。

「そんなヤバい話に、なぜ俺を混ぜるんだ？」

「決まってます。あなたをこの件に巻き込むためです」

「じょ、冗談ではない！　なぜそんな恐ろしいことに巻き込まれなければならない？　帰らせてもらう！」

「まあまあ、お待ちを」

首根っこを掴んで逃がさないようにしてから、俺は言葉を続けた。

「明後日、このメンバーでサルバーレ王国に向かいます。今の国王陛下との謁見と、2人の姫様とのお茶会があります」

「なるほど、つまり、僕か兄さんをその姫様とくっつかせたいと？」

「うん、理解が早くて助かるよ。内情を探るには、身内になるのが手っ取り早い。あわよくば、あの国への影響力を強くしておきたいからね。今後のために」

「……エクスは、この件がすぐには片付かないと？」

「ああ、短期決着が理想だが、向こうはあの国にかなり根を下ろしている。完全な駆除にはそれなりに時間を要するだろう」

組織の総本山があの国にあるとは、俺は考えていない。

むしろ、東の大陸から渡ってきたと言われた方が納得できるほどだ。

だからこそ、あの国との仲を強くしておきたいのだ。そのためにこちらが使える手札は2枚。どちらかに食いつけば文句はない。

「そ、そんなことのために隣国まで行くのか？」

「ええ、2人の容姿なら、大抵の女性は落とせます。その容姿を活用して、なんならメイス様は、隣国で次の国王にでもなってください」

「はぁ⁉　何なのだ、それは！」

「これもれっきとした仕事ですよ。もちろん断っても構いませんが……ちなみに向こうの姫様はなかなかの美少女だとか」

そう言うと、少しだけ興味を持ったようだ。単純で助かると思いつつ俺は続けた。

「本当に合わなければ、それなりに仲良くなるだけでも構いません。元々そちらはついでなので。ただ上手くいけば事が一気に動きますから」

「俺は……」

「僕は何でもするよ。この国を守るためなら。それにエクスを見てて、せっかくだから婚約者が欲しかったしね」

「だ、だが、父上が何と言うか……」

「すでに許可はいただいています」

あの狸国王なら「面白い」と言って、あっさり了承するだろう。

「ま、リンスは嫁探し、メイス様は婿入りのための見定めくらいの気持ちでいてください」

「ぐっ……わ、分かった」

「素直に了承してくださって助かります。断られたら、さすがにこの話を露見したくないので、処分に困るところでしたからね」

笑顔で言うと、乾いた笑いを浮かべる王子。ぶっちゃけ政略結婚なんて、あまり好みではないが、依頼してきたのはリンスだ。

ならその責任は取ってもらわないと。まあ、さすがに王妃としてあまりにもふさわしくなければスルーでいいが、リンスにはかなり期待しているのだ。

早くこの件を片付けないと、アリスとイチャイチャできないしね。

そうして作戦会議を進めるのだった。

◆◇◆◇◆

「よくぞ参られた、リンス殿。メイス殿もお変わりないようで何よりだ」

「お久しぶりでございます、サルバーレ国王陛下」

先頭で挨拶をするリンスの前にいる人物こそ、サルバーレ王国の国王陛下であるジル・サルバーレ様だ。

後ろに控えるメイスと、その隣にいる俺を見て、国王陛下は眉をひそめる。

「後ろにいるもう1人はどなたかな？」

「ご紹介いたします。我が親友にして、次期騎士団長であるエクス・ロストでございます」

「お初にお目にかかります。ランドリー王国現騎士団長、ベクトル・ロストの息子のエクスと申します」

「ベクトル殿の息子か。貴殿の父上には、何度か稽古をつけてもらったこともある。ベクトル殿は息災か？」

「はい。頑丈なのが取り柄ですから」

そう言うと、サルバーレ国王陛下は小さく笑い、リンスを見て言った。

「さて、確かリンス殿がこちらにいらしたのは、我が国との交流が目的か。聞けば貴国では何やら騒動があって、王位継承権が貴殿に移ったとか」

「ええ、その通りです。諸事情により、私が王太子を名乗らせていただいております。学園ももう少しで卒業ですので、早めに貴国と仲良くさせていただきたいと思い、足を運びました」

「ほほう、それはそれは。では、貴殿が国王になった暁には、ぜひ式典に呼んでいただきたいものだ」

「ええ、その時にはぜひ」

少しだけ会話をする限りにおいては別段、欠点らしきものは見えない。

確かに少しばかり無理をして話しているが、よくも悪くも「普通」だ。まあ、挨拶程度だけでの評価だが。

「そうそう、この後で我が娘たちとお茶をする約束があるとか。リンス殿とメイス殿の花嫁候補の参考になればよいのだが。いや、もしくはエクス殿も候補に入るかもしれぬな」

「陛下、僭越《せんえつ》ながら一つだけ指摘させていただきます。エクスにはすでに素敵な婚約者がおりますれば、あまり刺激しないことを願います」

「ほう？　素敵な婚約者とな。そういえばメイス殿は、王位継承権を返上した時に婚約破棄なされたとか」

「ええ、それが何か？」

「いやいや、あくまで噂でしか知らぬが、なんでもそこにいるエクス殿がメイス殿から婚約者を奪ったというのは誠だろうか？」

前言撤回。思ったより面白い男かもしれない。

でも、あまり能力はありそうではないな。そんな評価をしながらチラリと視線を王子に向けると、少しだけ不機嫌そうにしていた。

まあ、自分の傷口を抉られたのだから当然か。

ふと、リンスの視線を感じたのでそちらを向くと、どうするのかという疑問をこちらに向けてきていた。俺は少しだけ考えてから事実を言うことにした。

「僭越ながら、誠でございます。私が、当時メイス様の婚約者であったアリス・ミスティ公爵令嬢を結果としていただくことになりました」

「ほう、それはそれは。とても興味深いな。ぜひお話しいただきたいものだ」

「陛下、恐れながらそれはできません」

「ほう、なぜだ？」

そう聞かれたので、俺は笑顔で答えた。

「嫉妬にございます」

「……嫉妬となな？」

「はい、ここで私がアリスの話をすれば、きっと陛下は興味を抱いてしまいます。その場合、私は陛下に大変恐縮ですが、あらゆる負の感情を嫉妬という形にして表してしまいます」

「お、おい、エクス。その辺で……」

珍しく焦ったような王子を横目に、しながら俺は言葉を続ける。

「私はアリスを心から愛しております。それはもう、他人から見れば歪んでしまっているほどに。ですので、それをこの場で表すことはできません」

「ふふ、僕にはノロケるくせに？」

「殿下、それは殿下を真の友と認めてのこと。陛下とはまだそういった間柄ではありません。故に私は拒否させていただきます」

かなり不遜な発言に周囲が唖然とするが、陛下だけが大きく笑った。

「ははは、これは愉快。若輩とはいえ、国王に対してここまで清々しく断る人間はそうはいまい。自国の民なら優遇したほどだ」

「恐れ入ります」

「エクス殿。貴殿の結婚式には、ぜひとも私を呼んでくれたまえ。貴殿をそこまで魅了したミスティ嬢を一度この目で見てみたいからな」

「ええ。ただし私のアリスにいかなる情を抱こうとも、私が立ちふさがりますので、あしからず」

「ベクトル殿の息子ということは、貴殿もすごい剣の腕を持っているのだろう。どうだ、いっそ我が国に来ないか？　それ相応の爵位を与えよう」

その言葉に驚くリンスと王子だが、俺はそれを笑顔で断る。

「申し訳ありませんが、すでに我が国でのアリスとの人生設計を立ててしまったのです。私はこれ以上の爵位も地位もいりません。好きな人と生涯を共にできれば、それだけでいいのです」

「そうか、気が変わったらいつでも来てくれ。我が国は騎士の質が低くてな。貴殿のような目的がハッキリしている騎士を欲しているのだ」

「微力ながら、友好の証として、助力はさせていただきます」

こちらが色々手助けして恩を売れれば、かなり優位な立場になれる。

サルバーレ国王との謁見は、そんな感じで無事終わったのだった。

◆◇◆◇◆

「エクス！　貴様、なんであんなに危ないことを言ったんだ！」

謁見が終わり、与えられた部屋に着くと、さっきまでの大人しさが嘘のように王子がうるさくなった。

俺は面倒くさいと思いつつ答えた。

「事実を言っただけです。それにしても、暗殺してまで王位を奪った男が、どんな腹黒かと思ったら、存外普通でしたね」

「人の話を聞け……って、は？　暗殺して王位を奪った？」

「ええ、そうですよ」

淹れたお茶を飲んでから、俺は普通に答えた。

「さっき話して確信しました。まあ、どんな思惑があるにしても、放置してもさほど問題にはならなそうですね」

「ま、待て待て！　お前は、前国王陛下があの方に殺されたと言うのか⁉」

「さっきからそう言ってるでしょう？」

「そんな馬鹿な……」

「王族なら王位継承の問題があるのは当たり前ですからね。よかったですね、メイス様。少なくとも今のあなたは、命を狙われる心配はありませんよ」

そう言いながらお茶を飲むと、それまで黙っていたリンスが苦笑して聞いた。

「なら、僕は狙われてるのかな？」

「どうかな。少なくとも今のランドリー王国に、リスクをおかしてまでメイス様を担ぎ上げる連中は多くないだろうね」

「ま、というわけです、兄さん。あまり気にしなくてもいいかと。それにエクスが危ないことをするのはいつものことです」

「リンス、お前はなんでそんなに落ち着いていられるんだ？」

「慣れですかね。それと信頼ですよ」

「信頼？」

「これまでエクスに任せて、事態が悪くなったことはありません。ミスティ嬢に危害を加えないかぎり、エクスは安全ですからね」

俺のことをよく分かっている親友に頷いて、俺は言った。

「ええ、アリスに危害が及ぶなら誰だろうと許しませんが、俺とアリスの仲を引き裂くような真似をしないで、穏やかに過ごさせてもらえれば友好的でいましょう」

「そ、そうなのか？」

「ええ、まあ、もっとも、さっきの問答でアリスに欠片でも邪な気持ちを抱いていたら、この国が消えるところでしたがね」

あの国王が見せたのは、俺への興味。アリスのことなど微塵も考えてなかったので、ギリギリ合格だ。

「簡単にそう言うが、そんなことできるのか？　エクスが強いのは知っているが、たかが1人の人間にできることには限界があるだろう？」

「甘いですね、兄さんは。兄さんと僕が知るエクスの強さは、手加減してのものですよ。もし本気を出したら、本当に1人で国を滅ぼしかねませんよ」

「そんな馬鹿な……」

「実際、素手でもこの城の人間くらいは皆殺しにしてしまえるでしょう。本来人が持つべき力を遥かに凌駕しているのですよ」

当たり前のようにそう言ってお茶を楽しむリンス。リンスの察しのよさに感心しつつ、俺は言った。

「まあ、そんな乱暴をするつもりはありませんが、客観的に見ると、俺はある意味、化け物ですから」

「化け物か……なるほど、ぴったりかもしれないな」

「そうかな？　エクスは意外と理性的だし、化け物だけでは不十分ですよ。そうですね……兵器という言葉が近いですかね」

「兵器、か？」

「ええ、道具は目的のために使うもの。エクスの力はミスティ嬢という目的のためにある、と言ってもいいでしょう」

上手い例えに感心するが、やはりこんな俺を心配してくれるのはアリスだけだと心から思う。

アリスがいなければ、ただの兵器として扱われていたか、化け物として迫害を受けるかだったろう。そう考えると、やっぱりアリスは素晴らしい。

「しかし、アリスにそこまで魅力があるの――か」

その言葉が終わらないうちに王子の言葉は小さくなる。

俺からの殺気を感じたからだろう。

俺は怯える王子に笑顔で言った。

「メイス様。私の婚約者を名前呼びはいけませんよ？　ミスティ嬢でしょう？」

「す、すまない。えっとミスティ嬢のどこがいいのか、俺には分からないというか……」

「ええ、そうでしょうとも。メイス様はアリスの魅力なんて分からなくて構いません。それを知ったら、あなたはこの世から消えてしまうのだから。いいですね？」

「あ、ああ。すまない」

「分かれば結構」

この男には、まだノロケるだけの価値がない。

俺は誰彼構わずアリスのことでノロケているのではない。ノロケを言うのは、その価値があると判断した者に対してだけだ。

アリスの魅力を全員が知る必要はないんだ。俺だけが知っていればいい。そして、アリスの理解者には、ある程度は伝えてもいいと思う。

まあ、それでも嫉妬心はなくはないが、それくらいは耐えなくてはいけない。

俺は我慢ができる男だ。自分の愛情表現が人より重いことは分かっているが、今さらどうしようもないので、そこは変えない。

それにアリスには、こんな俺がいいと思われているのだ。

なら、独占欲丸だしの素直な自分でいようと思う。

むろんアリスの前でだけだ。用法用量は守って適切に対処する。

ああ、それにしても、そろそろ禁断症状が出そうだ。アリスに会いたい……。


そんなことを思いつつも、次はこの国の姫様たちとの謁見だ。

「お初にお目にかかります。私はサルバーレ王国、第一王女のマナリア・サルバーレです。こちらが妹で第二王女の……」

「……し、シンシア・サルバーレです」

ウェーブのかかった金髪の美少女と、その後ろでガチガチに緊張している姉にそっくりな美少女。

サルバーレ王国の2人の姫様が目の前にいるが、不思議なほどに何の感情もわいてこない。

アリスに出会う前なら、それなりに見とれていたであろう美少女なのだが、アリス一筋の今

では、全くいいとは思えない。まあ、そんなことは口にはしないが。

「はじめまして。ランドリー王国第二王子のリンス・ランドリーです」

「同じく、ランドリー王国第一王子のメイス・ランドリーです」

「お話は兄から聞いております。えっと、そちらの方は……」

「お初にお目にかかります。ランドリー王国、ロスト子爵家のエクス・ロストです」

「彼は私の友人で、次期騎士団長候補なのです。私と兄の護衛のために同行しています」

リンスからの紹介に、姉のマナリアがしばらく俺をじっと見てから思い出したように言った。

「もしかして、あなたが噂の騎士様ですか？」

「噂とは？」

「近隣の国で噂になっているんです。なんでも悪の王子から、か弱き公爵令嬢を救った騎士がランドリー王国にいるとか」

「なるほど、だそうですが、騎士様？」

「だそうですよ、悪の王子様」

「いや、そこで俺に話を振るなよ！」

王子をからかってから、俺は少しだけ考え、言った。

「その噂が本当かどうかは分かりませんが、確かに私は婚約者を、そこの、当時悪だった王子様から奪いましたよ」

「まあ、素敵。もっと詳しくお話聞きたいわ。ねえ、シンシア」

「は、はい……」

ガチガチに緊張しながら答える妹のシンシア。それを見てリンスは微笑んだ。

「シンシア様、もう少しリラックスしてください。私たちは友好のために来たのですから」

「あ、ありがとうございます、リンス様。すみません、どうしても知らない人は緊張するので」

「もう、すみません。妹はこの通り大人しすぎるので、あまりお気になさらず」

「いえいえ、私も昔は口下手だったので、気持ちは分かりますよ」

嘘つけと、リンスにツッコんでやりたいが、少なからず姫様にアプローチを始めているリンスのじゃまはしたくないので黙っている。そんな俺に構わずにリンスは言葉を続ける。

「シンシア様にはシンシア様のペースがあるでしょうからゆっくり仲良くなりましょう。私はシンシア様のような女性は好きですよ」

「ふぇ⁉」

赤くなるシンシア。これを意図的にやってるのだから、本当に器用な奴だと思っていると、マナリアが微笑んで言った。

「本当に、ランドリー王国には素敵な殿方が多いのですね。騎士様しかり、リンス様しかり。

騎士様はまだ学生なのですか？」

「ええ、来年卒業したら騎士団に入ります。そして婚約者と結婚します」

「でしたら、その時はぜひご招待ください。騎士様の婚約者さんにぜひお会いしたいです」

「ええ、アリスも喜ぶでしょう」

「アリスさんと言うのですね。騎士様はアリスさんとはラブラブなのですか？」

その質問に答えるのは簡単だが、俺はそれに微笑んで言った。

「失礼ですが、私はあまり自分の色事を人には他言しません。なので秘密とさせていただきますが、ご想像通りとだけ言っておきます」

「ふふ、そこまで殿方に想われたいものです。そういえば、リンス様には婚約者はいますか？」

「素敵な女性は多いのですが、私のことを好きになってくれる人は残念ながら多くないので」

「あら、そうなのですか？　でしたら、シンシアはいかがでしょうか？」

「お、お姉様、何を……」

焦るシンシアにマナリアは軽くウィンクし、リンスを見て聞いた。

「友好目的なら、そういうことのためにこちらにいらしたのですよね？　見たところリンス様とシンシアは相性がよさそうです。リンス様さえよければ、もらってあげてください」

「お、お姉様じゃないの？」

「私は、リンス様とはあまり相性がよくないみたいです。なんだか近い雰囲気を感じますし」

「うう、でもでも、リンス様にいきなりそんなことを言っては、迷惑じゃないの？」

「確かにそうですね」

その言葉に少しだけ悲しそうにするシンシアに、リンスは微笑んで言った。

「せっかく口説く用意をしていたのに、台無しじゃないですか」

「え……？」

「シンシア様がよろしければ、いつでも我が国に妃として来てください。待っていますので」

「じょ、冗談ですよね？」

「いえいえ、本気ですよ。一目惚れという奴です。政略結婚するにしても、どうせなら好きになった人と結ばれたいと、近しい誰かさんに習ったので」

こちらをチラリと見るリンス。嘘を言ってる様子はないし、多分本気なのだろう。まあ、俺としてもどちらかがヒットすればありがたいと思ってはいたが、まさかリンスがここまで積極的だとは想像もしなかった。

シンシアは、リンスの言葉にしばらく唖然としていたが、ポツリと言った。

「……よ、よろしくお願いします」

「ええ、こちらこそ」

こうして、リンスの婚約者が呆気なく決まってしまった。

隣で空気になっていた王子は、また別の機会に手札として使おう、と思いながら、俺は早くアリスの元に帰りたいと願うのだった。

◆◇◆◇◆

「にしても、リンスがあんな風にプロポーズするとはな」

姫様たちとのお茶会が終わってから、本日は泊まることになったので一息つきながら部屋の準備を待っていると、王子がそんなことを言った。

「ああいうタイプが好みだったのか？」

「ええ、大人しいですし、可愛いですし、何よりいじっても可愛い反応をしそうですから」

「ドSだな」

「君に言われたくはないよ。エクス」

俺は別にドSではないので、気にせずのんびりしていると、王子が俺を見ながら申し訳なさそうに言った。

「すまない。やはり俺には荷が重かった」

「お気になさらず。メイス様には別の機会に頑張ってもらいます。もう1人のお姫様を落としてもらうのが理想だったのですが、どうも彼女には想い人がいるようですので、仕方ないです」

「え？　そうなのか？」

「見れば分かるでしょう」

妹を差し出したのは、自分の保身のため。

もちろん善意もあっただろうけど、このお茶会が婚約者探しのため、と知っていたからこそ、妹を生《い》け贄《にえ》にしたのだろう。

「そんなの、分かるわけないだろう。というか、本当なのか？」

「ええ、間違いないでしょう。相手はおそらく身近な人物で、でも知られてはならない関係……まあ多分、近くに控えていた執事がそうなのでしょう。時々こちらを警戒して見ていたので」

「執事？　使用人と王族が結婚など、馬鹿げてるだろ？」

「それは偏見ですよ。それに決して悪くない収穫です。この情報を知っているだけで、あのお姫様と取り引きができる」

脅迫に使うもよし、協力関係を築くもよし。リンス並みに演技が上手いようなので、どうやってもプラスの関係を築くことができるだろう。

向こうも、俺が察したことに気づくかもしれないが、それはそれでやりようもある。

「さしあたっては、今夜の夜会。とりあえず2人には、頑張って情報収集と宣伝にあたってもらいましょう」

「お前はどうするんだ？」

「俺は別件がありますので、途中で抜けます。まあ、リンスなら問題ないとは思うけど、気をつけることだね」

「まあ、敵の懐だからね。油断はしないさ」

「お姫様は幸いなことにリンスのことを気にしている。外堀を埋めて、完璧に落としてくれたまえ」

そんなことを言わなくても分かっていそうだが、一応そう言うと、リンスは笑って言った。

「うん、頑張るよ。それはそうと、エクスはいつから僕の好みが分かっていたの？」

「最初からかな。情報から一番合いそうなのがあの姫様だということは事前に分かっていたからな」

「相変わらずすごいね。それで？　エクスはわざわざここまできて、この国で何をするつもりなの？」

「お前の頼みの通りだよ。ランドリー王国から薬をなくすための最善策を実行するだけだ」

わざわざ一晩泊まることにしたのも、ひとえに効率のため。

早く終わらせるためにはこれが最善だと判断したので、仕方なくやっているだけだ。

「『プロメテウス』だったか？　そもそもここに来たことに意味はあったのか？　薬がランドリー王国の国内で売られているなら、そこを潰すだけで終わるだろ？」

「そんなもの、いくら潰しても意味はありませんよ。薬というのは一度入ってくると、追い出すのは面倒です。でも……仕入れができなくなれば話は違ってくる」

この国に薬が入ってこなくなれば、自然と我が国までは回ってこなくなる。あとはじっくり追い詰めて潰せば楽になる。

言うのは簡単だが、実行するのはかなり面倒。おそらくこの国の貴族の一部も加担しているだろうから、ますます面倒だけど、夜会という状況は使える。

昼間から薬の取り引きはしないだろう。おそらく、夜の人が少ない時間に取り引きされる。しかも本日は夜会があるので、視線はそちらに向かう。だからこそ油断が生まれる。とはいえ、１人で制圧するのは面倒だが仕方ない。

「１人でやるつもりか？」

「ええ、相手が何人いようと敵ではありませんから。むしろ味方がいると足手まといになりますので」

「なるほどね。つまりエクスは薬の出所を突き止め、潰して見せ物にしようとしているのか」

「正確には輸入ルートを潰すだけだけどな。まあ、あの国王に貸しを作るのは悪くない」

あの国王には伝言してある。

そのメッセージの意味が分かっていれば、きっと大丈夫だろう。

もし分からないようなアンポンタンだったら、生かす価値はないが、多分大丈夫だろう。

「とりあえずリンスは、あのお姫様のお守りを頼んだ。本気で嫁にするなら言うまでもないけど」

「あれで嘘なんて言うほど外道ではないよ。まあ、それにエクスを見てて婚約者が欲しいと思ったのは本当だしね。王妃の務めは大変だろうけど、あの娘ならきっと大丈夫だと思うし」

「全く、俺も早く終わらせて、アリスの元に帰りたいよ。いっそのこと今から走って帰りたいくらいだ」

「隣国とはいえ、走っては無理だろ……」

「いえ、兄さん。エクスなら不可能ではないかと」

そんなことを話しながらも、リンスが意外とチョロいことに感心するのだった。チョロいことは決して悪いことばかりでもないからね。

そして、夜になると、俺たちはわざわざ着替えて夜会に参加していた。

まさか、他国で夜会に出るとは思わなかったが、これも早くアリスの元に帰るためだ。仕方ない。

今回はリンスが第二王女のシンシア様を、王子が第一王女のマナリア様をエスコートしていた。

そして俺は1人で来ていた。ペアが多い中で1人なのは浮くが、アリス以外の女を同伴するつもりは一切ない。

むしろ、夜会でアリスをさらすのも嫌だが、そこは貴族なので譲歩するしかない。

「皆の者、よくぞ集まった。今宵《こよい》は特別な夜だ。なぜなら、我が妹である第二王女のシンシア・サルバーレが、隣国であるランドリー王国の第二王子のリンス・ランドリー殿と婚約したのだ！」

おお！　っと、盛大な拍手が起きる。

挨拶としてリンスとシンシアの2人が前に出て話そうとするが、恥ずかしそうにしているシンシアに微笑んでからリンスが口を開いた。

「皆様、はじめまして。ランドリー王国、第二王子のリンス・ランドリーです。このたび私はサルバーレ王国の第二王女であるシンシア様と婚約をさせていただきましたが、これは始まりにすぎません。私の友人が前に言っておりました。『結婚はゴールではない。スタートライン』だと。その通りだと思います。これから先、私とシンシア様にはさまざまな試練が待つでしょうが、私は負けません。シンシア様を必ず幸せにしてみせましょう」

そのリンスの演説に顔を真っ赤にしているシンシア。

すでに羞恥プレイとか鬼畜だなーっ、と思いつつ、その後は自然と進行していく。

2人がメインになって挨拶周りをしはじめたのを見て、俺も行動に移る。

まず、何人かの貴族に無難に挨拶をしながら、それとなく様子を見る。かなりの人数がいるが、全員と話す必要はない。それなりに見極めてから話しかける。

そうして何人かしてから、ようやく本命を見つけたので、俺はその男に挨拶をした。

「初めてまして、フレデット伯爵」

「失礼ですが、どなたでしたかな？」

「ランドリー王国、ロスト子爵家のエクス・ロストと申します」

「ランドリー王国……リンス様のお連れの方ですかな？」

「ええ、そうです。護衛と言えばいいのでしょうか」

警戒している相手にそう言うと、少しだけ安心したように気を緩めて言った。

「リンス様のお側にいなくていいのですかな？」

「ええ、私より強い人間がいますので、ご心配なく。それよりも、フレデット伯爵は最近、何やら新しい商売を始めたとお聞きしたんですが、詳しく教えていただけますか？」

その言葉にギクリとする男。分かりやすすぎて貴族には不向きだと思っていると、なんとか取り繕って言った。

「残念ながら、企業秘密です。信用がモットーなので」

「それは残念。そうそう、今宵は私たちはこの夜会から離れられませんが、フレデット伯爵はお1人で来られたのですかな？」

「ええ、妻は置いてきました」

「ほぅ、そういえばフレデット伯爵には愛人がいると伺ったのですが、そちら様は連れてこなかったのですか？」

「だったら何ですか？」

俺の執拗な質問にイラッとしてきている。俺はそれに拍車をかけるように言った。

「ひどい男ですね。嫁と愛人を放置して夜会に来るなんて」

「関係ないでしょう」

「ええ、関係ないですね。ですが、私は少しだけあなたに警告をしたくてここに来たのです」

「警告？」

「ええ、もし少しでもあなたの心に家族への良心が残っているなら、すぐにでも手を引くことですね」

「……何の話ですか？」

とぼける男に、俺はあくまで微笑んで言った。

「知らないはずはないでしょう？　思い当たることがあれば、すぐにでも手を引くこと。それができないなら、あなたの人生は今日で終わりを迎えるかもしれませんね」

「くだらない。何だその馬鹿げた話は」

「本当にそう思うなら構いませんがね。そういえば、お手元のワインは飲まれないのですか？」

一滴も減ってないそれを指して言うと、男はこちらを睨んだ。

「だったら何だ」

「お噂だと、フレデット伯爵はお酒にこだわりがあるとか。王族の品でも飲めませんか？」

「そ、そういう貴殿も飲んでないではないか」

「護衛ですからね。しかし、どうしてもとおっしゃるなら、飲みましょう」

俺は近くで給仕をしている侍女からワインをもらうと、一気に飲む。そしてグラスを返してから微笑んで言った。

「これで満足でしょうか？」

「貴様は何をしたいんだ？」

「お気づきでしょう？」

「知らないな」

そう言って立ち去ろうとする背中に、最後の言葉をかける。

「後悔はないんですね？」

返事はなかったが、背中でそれを確認してから、俺はため息をつく。

柄にもなく説得をしようとした結果がこれだ。俺はかなり口下手なのだろう。

ちらりと見ると、リンスとシンシア様は近くで他の貴族と話しており、リンスは俺と視線が合うと頷いた。

それだけで、この場は任せろと言われたようなものだ。俺は最後にサルバーレ国王陛下に視線を向け、確認を取ってからこの場をあとにする。

これから向かうのは、戦場。いかに早くこの件を片付けて、この場に戻ってくるかの競争だ。

大変だけど、アリスの元に早く帰りたいので、頑張ろうと思うのだった。

◆◇◆◇◆

夜の海がどこまでも広がる。

それは、とある一隻の船にて行われていた。船から降ろされる大量の荷物は厳重に封がしてあり、中身は見えないが、男たちは皆ガラの悪い連中ばかりだった。

そんな中で、厳ついスキンヘッドの男と、先ほど夜会の会場にいたフレデット伯爵が密談をしていた。

「これが今回の分だ。確認してくれ」

「毎度どうも」

「しっかし、貴族さんがこんなに堂々と、俺らなんかと取り引きしていいんですかね？」

「信用できる人間はそう多くない。私しかいないのだよ。それに他の馬鹿貴族は、皆揃いも揃って、姫様の婚約の夜会で大盛り上がりだ。じゃまをする奴はいない」

「ふは、やっぱりあんたも俺らと同じ小物だな」

「全く、同感です」

俺はそう言うと、近くの男を昏倒させてから、そちらに近づく。

それに気づいたのか、船の乗組員が全員で俺を囲んできた。

「誰だテメェ！」

「通りすがりの騎士団長の息子ですよ」

そう言って俺は視線をフレデット伯爵に向けると、笑顔で言った。

「忠告を聞き入れてはもらえませんでしたか」

「……追ってきたのか？」

「まさか。その必要はありませんよ。ここで取り引きをすることは最初から知っていましたから」

「じゃあ、何をしに来たんだ？」

「決まってます。お仕事ですよ」

俺の言葉に苦い顔をするフレデット伯爵を置いて、スキンヘッドの男は笑って言った。

「どうでもいいが、お前さん、俺らの敵か？」

「ええ、そうなりますね」

「この状況で強気なのは評価できるが、お前さん、どうせ貴族の坊っちゃんだろ。無駄な正義感で痛い目にあうのはどうかと思うが」

「ま、損なのは分かってますよ。ですがね……」

俺は一気に表情を消すと言った。

「お前らのせいで、俺はアリスとの貴重な時間を無駄にしちまってるんだよ。だからいい加減消えてくれ」

「……やれ」

そう言って背中を向けるフレデット伯爵とスキンヘッドの男。

同時に何人もの男が、武器を持って襲いかかってくる。

月明かりすらほとんどない、夜の乱戦。

常人ならかろうじて見えるかどうかのそれを、俺はハッキリとした視界で対処する。

ある者は顔面に拳を入れて黙らせ、ある者は地面に叩きつけ、他を無力化してから進む。

海に落とすと面倒なのでなるべく陸地で、気絶させながら最短ルートで追い付くと、驚いたように目を見開く2人に笑顔で言った。

「逃がすとお思いで？」

「なっ……馬鹿な！　どうやってここまで！」

そう言って後ろを確認し、唖然とするフレデット伯爵。

先ほどいた男たちは全員一瞬で無力化されてしまったのだ。当然の反応をするフレデット伯爵とは対照的にスキンヘッドの男は目を細めて言った。

「なるほどな。お前さん、あの方が言っていた『ヘラクレス』……いや、その息子か」

「ヘラクレス？」

「お前さんの父親のことさ。お前さん、ロスト子爵の息子なんだろ？　あの方……俺らのボス、『プロメテウス』の唯一障害になりそうな存在なんだが、父親が化け物だと息子も化け物になるみたいだな」

「の、呑気に話してる場合か！」

「焦っても何も変わらないぜ。なにしろ俺らは、今こいつに生殺与奪《せいさつよだつ》を握られてるんだからな」

父上を知っているのか？　それに『ヘラクレス』に『プロメテウス』って、もしかしなくても、父上が言っていた勝てない相手はその『プロメテウス』につながってるのだろうか。

だとしたらヤバいな。余計に面倒な展開に首を突っ込んだかもしれないと思っていると、スキンヘッドの男は懐からナイフを取り出して言った。

「ま、勝てないとは思うが一応挑んでみるか」

「構わないが、その前に聞かせろ。お前らはどこまで勢力を伸ばしてる」

「妙なことを聞くな。お答えすると、東の大陸の大半だ」

「そうか。ありがとう」

そう言ってから俺は、スキンヘッドに踵落《かかと》としを決めて気絶させる。

残ったフレデット伯爵は、こちらを化け物でも見るように見ながら逃げようとするが、その前に気絶させてしまう。

そうして残った賊を全員のして縛りあげ、フレデット伯爵とスキンヘッド、そして賊数名と薬の箱を持って城を目指す。何往復かすれば終わるだろう。

しかし……面倒な展開になりそうな予感しかしない。

前に父上が話していた、祖父以外に勝てない人物。

それがラスボスのように暗躍しているなんて、ハッキリ言って最悪だ。

俺は静かにアリスとイチャイチャしたいのに、やれ乙女ゲームやら、やれバトル漫画みたいな展開やら、面倒なことばかりが起こる。

いっそ全部放置して世界の終わりを見てもいいが、アリスと幸せに余生を過ごすまでは滅んでほしくはない。

それにアリスと俺の子供に、面倒を残すわけにはいかない。

そうなると必然的に、俺は全てを片付けなきゃいけないわけで、つまり何が言いたいかと言えば……面倒くさい。その一言につきる。

まあ、これから先『プロメテウス』とやらが、アリスを害する可能性はかなり高いわけで、俺はアリスの敵を滅ぼす義務がある。

なんにしても、俺はアリスを絶対に守ってみせる。

それだけはハッキリと言えるのだった。

◆◇◆◇◆

「こ、これは一体……」

庭園まで運んでくると、何人かが気づいてこちらに視線を向けてきた。

その人数はやがて増えて、今ではほとんどの貴族がこの光景を見ている。

そこにリンスや国王の姿もあったので、俺はわざとらしく頭を下げてから言った。

「サルバーレ国王陛下。こちらは婚約の品でございます。我が主のリンス・ランドリーの命により、婚約の証として、貴国を蝕んでいた『プロメテウス』なる薬の売買をしている連中を捕まえて参りました」

その言葉に貴族たちはざわめく。それはそうだ。

深刻な問題をこんなにあっさりと片付けただけでなく、そこにはフレデット伯爵の姿があるのだ。

騒ぎを聞きつけ、ようやくやってきた衛兵は、俺とその荷物と人の山を見て唖然とした。

「き、貴様！　これは何だ！」

「聞いての通りですけど？　それにしても、少々無礼ですね。私はこれでもランドリー王国より子爵の爵位を頂いてる身であります。また、今回はランドリー王国の第二王子であらせられるリンス様の護衛でもあります。礼儀を覚えて出直してください」

まあ、まだ爵位《しゃくい》は父上にあるが、強気な方が衛兵にも伝わるだろう。

「そこの者、控えよ」

衛兵と話していると、この国の最高権力者であるサルバーレ国王陛下が、わざわざ出てきてくれた。

国王は俺に一度頭を下げてから言った。

「すまぬ、エクス殿。その無礼者には後ほどゆるりと処罰を与えるとしよう。それにしても、此度の働き大義である」

「いえ、私は主の命に従ったまで。一応ご確認なさいますか？　中身は大量の薬の山。そしてフレデット伯爵は売買の主犯であります」

「確認させてもらおう。おい、そこの兵よ。すぐに箱を調べよ」

「は、はい！」

そうして何人かで調べる。俺の言った通り薬が出てきたことに驚いているようだが、それを見た陛下は、一瞬笑い、すぐに表情を引き締めて言った。

「どうやら真実のようだな。見事だ、エクス殿。我が国の脅威を1人で片付けたその手腕。我が国に欲しいと思うほどだ。今一度問おう。我が国へ来ないか？」

「ありがたいですが、私には愛する婚約者が国で待っております。ですので、そう簡単にはお返事できません」

「それは残念だ。ではリンス殿に伺おうか」

そう言ってから陛下はリンスを見ると言った。

「リンス殿。エクス殿はずいぶんと優秀な手駒のようで羨ましい限りだよ。ぜひとも譲ってはもらえぬか？」

「陛下。残念ながらエクスは婚約者のために動く男でございます。それを従わせることは至難であります」

「ほう、それはずいぶんと、じゃじゃ馬なようだな」

「ええ。ですが、それが彼の強さの根元ですから。私もシンシア様という婚約者を持って初めて彼の気持ちが分かりました。やはり愛する者がいると気持ちが違うものですね」

「リンス様……」

見つめ合う2人。ラブラブで結構だが、俺には早く終わらせることが最優先なので、そのまま構わずに言った。

「それでは、私はこれにて役目を終えさせていただきます。もう少ししたらランドリー王国の騎士が護衛のためにこちらに来るでしょう。以降は彼らに殿下を守っていただきます」

「ほう？　帰るのか？」

「ええ、今から帰れば、明日の朝にはなんとか間に合うはずですから」

「かなりの距離を徒歩で帰るとは、なんとも根性があることだ」

「陛下。歩きではありません。走りです」

確かにかなりの距離ではあるが、エクスの身体能力なら、決して無理ではない。

それにね……もう、そろそろ限界なのよ。早くアリスに会いたくて、全細胞がアリスを求めて仕方ない。

アリス成分の圧倒的な不足に、飢えが激しい。

アリス欠乏症で死ぬのでは報われなさすぎる。

こうして頑張った褒美を他には求めない。俺はただアリスの側にいたいのだ。

そんな俺の言葉に、陛下は笑って言った。

「ならば、今度は婚約者と共にゆるりと来られるといい。歓迎しよう」

「私の婚約者が許可を出せば、また来ることもあるでしょう」

「ふむ、では頼んでみるとしようか。時にエクス殿。褒美を欲したりはするか？」

「もらえるなら。ですが、今の一番の褒美は早く帰る許可であります。正直私はそろそろ婚約者に会いたくて限界を迎えそうなのです。暇潰しにそこのガラクタを壊していいなら1分くらいは待ちますが」

フレデット伯爵を指差して言うと、陛下はそれに対して穏やかに言った。

「では、そこのガラクタが壊れぬうちに立ち去る許可を出そう。詳しいことはリンス殿から聞けばいいのだな」

「はい。リンス様には初めから話してありますから」

「ならばよし。また会おうぞ、エクス殿」

「エクス。僕もシンシア様と楽しんでから、ゆっくりと帰るよ。詳しいことはまた今度ね」

「ええ、ではこれにて失礼」

そう言って、俺はその場から跳躍すると、城の塀まで飛んだ。

その超跳躍に対して、後ろで何やら騒ぎが起きたようだが、気にせずに俺は一気にランドリー王国を……いや、アリスのいる場所を目指す。

今から帰って着替えて、学校に行く時間に間に合うだろうか……いや、絶対に間に合う。

ひとまずリンスとの約束は果たした。俺は俺の日常に戻るんだ。

これで、この国近辺では薬の売買は起こらない。

再発防止は向こうで勝手にやるだろう。そこまで面倒を見るつもりはない。

俺は早くアリスに会うんだ。ああ、アリスに会いたくてたまらない……アリスに飢えてるよう……

◆◇◆◇◆

日の出と共に俺は家に到着した。

わりと本気で走ったお陰か、予想より早く着いた。

予定より早い帰りに使用人たちが驚いていたけど、一刻も早くアリスに会いたいのだから、仕方ない。

素早く汗を流して着替え、しばらく色々とやってから、俺はいつもの登校時間より少しだけ早めにアリスを迎えにきていた。

気長に待とうと思っていたが、予想よりも早くアリスが出てきて、驚いたように言った。

「エクス。確か今日は休みじゃなかったのですか?」

「アリスに会いたくてね、早く戻ってきた」

「えっと……嬉しいですけど、確かエクスは、サルバーレ王国に行く、と言っていましたよね? どうやってこんなに早く戻ってきたのですか?」

「俺くらいになると、生身で馬車より早く走れるからね」

「そうなのですか? でも、嬉しいです。エクスがいないと寂しいですから」

そう微笑むアリスを、俺は思わず抱き締めていた。

なぜだろう。一睡もしていない上に結構動いたのに、眠くないし、むしろこれからアリスとゆっくりできると思うだけで元気になれる。

徹夜明けのテンションみたいなものではない。

徹夜自体は大してきつくはなく、むしろアリスに会えない時間が辛かったくらいだ。

「え、エクス。こんなに早くに大胆ですよ……」

「ごめん。でも、アリスに1日会えないだけですごく辛かった。ワガママかもしれないけど、俺はやっぱりアリスと一緒にいたいんだ」

「エクス……」

俺の言葉に照れながらも、アリスはポンポンと背中を叩きながら言った。

「私も1日がすごく長く感じました。変ですよね。エクスに会えない時間がこんなに辛いものだなんて知りませんでした」

「色々話したいことはあるけど……その前に言いたいことがあるんだ。ただいまアリス」

「はい。お帰りなさい。エクス」

微笑むアリスに、俺はようやく帰ってきたことを実感する。

色々と問題は山積みだけど、原点は忘れないでおこう。

俺はアリスに笑顔でいてほしいのだ。だから、そのためなら何でもする。

でも、今はこうしてアリスの笑顔に心を安らげても構わないだろう。

◆◇◆◇◆

「リンス殿下が婚約ですか？」

「ああ、戻ってきたら、正式に発表するだろうね」

馬車の中で話すのは、アリスにとって面白そうな話題。

プロメテウス関係の闇の部分は見せずに、女の子が好きそうな恋話をする。

「そうなんですか。あ、あの……サルバーレ王国の王女様は２人なんですよね？　エクスは大丈夫でしたか？」

「俺なんて相手にもされないよ。むしろアリスのことで有名人ではあったけどね」

「私のことですか？」

「ああ、向こうの国でも、俺がアリスを奪ったことが噂になっていたらしいよ。アリスのことを王女様に話したら、ぜひとも会いたいと言っていたよ」

可愛い心配をするアリスにそう言うと、彼女は少しだけ驚きつつも笑って言った。

「そうなんですか。エクスが向こうで王女様に目移りしないか、少しだけ心配してたんです……」

「ん？　俺がアリス以外の女の子に興味を持つと？　そんな可愛い心配をするなら」

ふにふに、ほっぺを両側から軽くつまんだ。

「この可愛いほっぺたを食べちゃうけど、いいかな？」

「はぅ……」

顔を真っ赤にするアリス。

そうそう、こういう可愛い反応を期待していたんだよ。

やっぱりアリスは、こうして照れている表情も世界一可愛い！

俺がしばらくアリスのほっぺたで遊んでから離すと、アリスは、話を変えるようにこほんと言った。

「こちらでは特に大きな出来事はありませんでした。ただ、マリアが……」

「何かあったの？　もしそうなら今度こそ斬るけど」

「ち、違いますよ！　えっと、実は、執事のベリスといい雰囲気なのを見かけたのです」

思いがけない情報に少しだけ驚き、すぐに、ある意味、予想通りの展開だと納得する。

「まあ、相性がいいんだろうね。俺はあの女のどこがいいのかさっぱりだけど」

「エクスもマリアと仲良しじゃないですか。少しだけ嫉妬したくなるくらいに」

「アリス。冗談でも嬉しくないよ。あんな女と仲良しなんて本当に嫌だ。俺はアリス以外とは仲良くなりたくないからね」

ヒロインとは、利害が合うからこそ組んでるだけだ。それ以外の理由は一切ない。

必要最低限のことをやり取りしているだけだ。

「ま、そんなことはさておき。アリスに相談があるんだ」

「相談ですか？」

「うん。結婚式なんだけど、どこでやろうかと思ってね。どちらかの領地か、いっそのことランドリー王国の王族専用の式場を借りてもいいな、とも考えたんだけど」

「そ、それって大丈夫なんですか？」

「まあ、向こうは俺にはかなり借りがあるから、断れないと思うよ。アリスが望むならそうするけど、どうかな？」

そう聞くと、アリスはしばらく考えてから首を横に振った。

「私は、小さな式場で構いません。なるべく知り合いだけのささやかな式でエクスと結ばれたいです。貴族としてというよりも、その……エクスのお嫁さんになりたいな、って思いまして」

そう照れつつ笑うアリスに、かなりぐっとくる。

うん、やっぱりアリスは最高だな！

番外編　乙女ゲームのヒロインになってしまった

特に不自由のない、普通の女子高生。

そんな私が、乙女ゲーム『ラブリー☆プリンセス』に似たこの世界に転生したのは、ヒロインであるマリアが3歳の頃のこと。

事故とかで死んだ記憶もなく、気が付いたら私はマリアになっていた。

異世界転生と聞くと楽しげだけれど、それまでの生活をそこそこ気に入っていた私にとっては、単なる誘拐とか拉致でしかなかった。

しかし、なんとか受け入れるしかなかった。

そうして、自分なりに心の整理をしたのだろうと思う。

学園に入るまでは、比較的穏やかに過ごしていた。

学園に入ってからは、私のお気に入りだった隠しキャラを攻略するために、好きでもない美形攻略対象に愛想を振りまくった。

「マリアは本当に可愛いな」

「全くだ」

「そんなことないですよ……でも、ありがとうございます」

少しぶりっ子を演じるだけで、ほいほい釣れる攻略対象たち。

あまりにもチョロくて、逆にビックリだった。

特にチョロかったのは、王子であるメイスと、騎士団長の息子であるエクスだった。鑑賞にはいいかもだけど、こんなチョロい人は私には合わないかな。

私は隠しキャラ一筋なので、あまり気にしてはいなかったけど。

しかし、なぜか物語の要《かなめ》である悪役令嬢のアリスは、私に嫉妬した様子もなく、どこか悲し気であった。悪役令嬢がシナリオ通りに私に嫌がらせをしてこないのには困った。

そこで、多少心苦しくはあったけれど、悪役令嬢に冤罪をきせて婚約破棄イベントを行うことにした。

私には魅了の魔法があったので、それを使って、アリスにいじめられていると言うと、攻略対象たちは簡単に信じててくれた。

王子のメイスと、騎士団長の息子のエクスなんて、「可愛いマリアになんてひどいことを！」と、激怒していたほどだ。

他の攻略対象たちも似たりよったりだった。こうして動かしている自分で言うのもなんだけど、この国の将来が心配になるほどのレベルだった。

そうして、思惑通り夜会にて婚約破棄イベントを起こしたのだが、そこで私は想定外の展開に戸惑うことになった。

なんと、それまで完全に私にベタ惚れだった騎士団長の息子のエクスが、突然、悪役令嬢であるアリスに婚約を申し入れたのだ。

魅了の魔法も無効化されたようで、気が付くとエクスは、私の知っているゲームキャラとは別人になっていたのだった。

その時点で、私の計画は躓《つまず》き、さらに国王の命令で、私は牢に閉じ込められてしまった。

なるほど、無理やり自分勝手なゲーム展開にしようとしたツケが回ってきたのだろうと、比較的落ち着いていた私だったが、兵士たちから、エクスが本当に悪役令嬢のアリスと婚約したと聞いた時にはさらに驚いた。

その時点で、エクスは転生して私のように別人になったのではないだろうか、という疑念が湧いたが、本人が直接訪ねてきたことでそれが決定的になった。

「そうか。よろしくな。ただ、もしもアリスに何かあったらマジで許さんから、それは覚えておいてくれ」

色々と思惑があるようだったけど、私は転生者のエクスと手を組むことになった。

正確には、手を組むしかなかったのだが、メリットも多いので特に気にしないことにした。

というか、話していて思ったけど、この転生者エクス、アリスのこと好きすぎじゃない？

しかも転生したのが、夜会でアリスを糾弾してるタイミングって……なんだか、転生に悩んでいた自分が馬鹿らしくなるほどだった。

転生前のエクスは、騎士団長の息子という生まれと立場を苦痛に感じていて、頭も軽くてアホな感じだったのだけど、転生したら腹黒なアリス溺愛中毒者になっていたのには、思わず苦笑するしかなかった。

こんなに重い男に愛される悪役令嬢が気の毒に感じたけど……当のアリスは満更《まんざら》でもなさそうなので、いいのかな？

私は、悪役令嬢であったアリスのメイドをしながら、お目当ての隠しキャラとの仲を深めるとしよう。

さしあたっては、悪役令嬢の……いや、お嬢様の『エクスかっこいい話』を、微笑ましく聞くとしますか。

あとがき

はじめましての方が圧倒的かもですが、こんにちは、yui／サウスのサウスと申します。

何という幸運か、二度目の書籍化をさせてもらえたのですが、この作品の書籍化には自分でもびっくりしています（笑）。いや、だってエクスがアリスとイチャイチャしてるだけの作品だったので、本当に趣味の日記の気分で書いてましたしね。

春が野かおる先生によって描かれたアリスが尊すぎて、イラストのラフで思わずニマニマしてしまいましたよ……え？　キモイって？　まあ、仕方ないですよね。尊いものは尊いのだから（キリッ）。

好きな絵師さんにイラストを描いてもらうという、オタクの大半が思い描く夢を叶えられてもう悔いはないのですが、もう少しだけ欲張ると、この作品を少しでも読者の皆さんに楽しんでもらいたい……そんなことも思ってしまいます。

溺愛というジャンルは先駆者も多く、どの作品も素晴らしいのですが、そんなお歴々の方々とは少し違う、ある種の闇が垣間見えるほどのエクスさんの愛情具合と、ちょろ……もとい、純粋なアリスの二人の様子を見て、ぜひぜひ胸やけして虫歯になるくらい砂糖たっぷりの甘々イチャラブを堪能してもらえたら幸いです。

悪役令嬢？　乙女ゲーム？　ノンノン、これはただのイチャラブ日記です（笑）。

さて、そろそろ謝辞をば。まずはイラストを担当してくださった春が野かおる先生。こちらのふんわりした要求と、アバウトな説明、並びに期限ギリギリでお願いして完璧な仕事をしてくださり、本当にありがとうございました。エクスさんが作者の予想以上にカッコよくて、アリスが想像よりも遥かに可愛くて最高でした！　マリアも大好きです！

そして、一番苦労をかけたであろう担当の編集様、本当にありがとうございました。色々と面倒なこだわりがある作者に付き合っていただき、こうして無事に出版することができて感無量です。本当の本当にありがとうございました。関係各所の皆様、こうして出版できたのは皆様の努力によるものです。ありがとうございました。

ではでは、この辺で。続きが出るかは神のみぞ知ることなのでしょうが、今後も読者の皆さんに、楽しんでもらえるよう精一杯頑張らせていただきます。

ウェディングな二人や、子供も溺愛するエクスさんも書いてみたい……なんて（笑）

最後に、本作を読んでいただき本当にありがとうございました。またどこかでお会いできたら、その時はまたお手に取ってもらえると幸いです。ではでは。

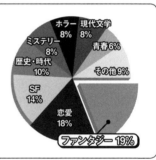

2021年10月、
最新9巻
発売予定！
もふもふを
知らなかったら
人生の半分は無駄
にしていた
1~8
著／ひつじのはね
イラスト／戸部淑
冒険あり、癒しあり、笑いあり、涙あり
もふもふたちに囲まれた
異世界スローライフ！
第7回
ネット小説大賞
受賞作！
KADOKAWA
「ComicWalker」で
コミカライズ
好評連載中！
魂の修復のために異世界に転生したユータ。
異世界で再スタートすると、ユータの素直で可愛らしい様子に
周りの大人たちはメロメロ。
おまけに妖精たちがやってきて、魔法を教えてもらえることに。
いろんなチートを身につけて、
目指せ最強への道??
いえいえ、目指すはもふもふたちと過ごす、
穏やかで厳しい田舎ライフです！
転生少年ともふもふが織りなす
異世界ファンタジー、開幕！
定価1,320円（本体1,200円＋税10%）　ISBN978-4-8156-0334-2
ツギクルブックス
https://books.tugikuru.jp/

「もう……。
働きたくないんです」
僕はぜーったい
働きません。
今更、待遇を変えるからと
お願いされてもお断りです。
冒険者なんか
辞めてやる。
著 縛炎《ばくえん》
イラスト 兎塚エイジ
「ガンガンONLINE」
(スクウエア・エニックス)にて
コミカライズ
好評連載中!
漫画:村上メイシ
昼過ぎに起きても大丈夫。ワイバーン見ても無視無視。
僕はもう、ぜーーったいに
働きません!
元E級冒険者のエクス19歳。才能の全てを【効果時間延長】に特化した異才の魔導師は、
5年間、年中無休で奴隷のように働く毎日を過ごしてきた。ついに過労で倒れてしまい、
玄関先で目を覚ましたある日、ようやく自分の心と向き合う。「こんな仕事、辞めてやるっ!」
冒険者を辞めたエクスは、もう働かないことを宣言。これまでエクスの効果時間が異常に長い
初級魔法の恩恵を享受してきた連中は、彼の代わりなど誰もいないことに気づいて
慌てふためくが、もう遅い。脅してきても、すがりついてきても、ニッコリ笑って全部お断り。
「僕はもう、ぜーったい働きません!」働かない宣言をした初級魔導師の新しい生活が、今はじまる!
定価1,320円(本体1,200円+税10%)
ISBN978-4-8156-0863-7

逆行した悪役令嬢は、なぜか魔力を失ったので深窓の令嬢になります
《1〜3》
著 蒼伊
イラスト RAHWIA
コミカライズ企画進行中!
魔力がなくても精霊と一緒に未来を変えます!
魔力の高さから王太子の婚約者となるも、聖女の出現により
その座を奪われることを恐れたラシェル。
聖女に悪逆非道な行いをしたことで婚約破棄されて修道院送りとなり、
修道院へ向かう道中で賊に襲われてしまう。
死んだと思ったラシェルが目覚めると、なぜか３年前に戻っていた。
ほとんどの魔力を失い、ベッドから起き上がれないほどの
病弱な体になってしまったラシェル。悪役令嬢回避のため、
これ幸いと今度はこちらから婚約破棄しようとするが、
なぜか王太子が拒否!?　ラシェルの運命は――。
悪役令嬢が精霊と共に未来を変える、異世界ハッピーファンタジー。
1巻：定価1,320円（本体1,200円＋税10%）　ISBN978-4-8156-0572-8
2巻：定価1,320円（本体1,200円＋税10%）　ISBN978-4-8156-0595-7
3巻：定価1,430円（本体1,300円＋税10%）　ISBN978-4-8156-1044-9

異世界でレシピ本を発行しようと思います!
iSekai
Recipe Book
著：櫻井みこと
イラスト：漣ミサ
RECIPE
異世界でレシピを極めれば、
恋もハッピーエンド!
騎士団長さん、
一緒に料理を
作りませんか?
双葉社でコミカライズ決定!
喫茶店に勤務していた料理好きの琴子。自らレシピサイトを運営するほど料理にのめり込んでいたが、気付いたら異世界に迷い込んでいた。異世界で食堂を経営している老婦人に拾われると、そこで得意の料理を提供することに。あるとき、容姿端麗な騎士団長がやってきて悩みを聞くうちに、琴子はあることを決意する――。
突然の転移でも得意の料理で世界を変える、異世界レシピファンタジー。
定価1,320円（本体1,200円＋税10%）
ISBN978-4-8156-0862-0
ツギクルブックス
https://books.tugikuru.jp/

嫌われたいの
~好色王の妃を全力で回避します~
コミカライズ好評連載中!
1~2
著/春野こもも
イラスト/雪子
殿下と私の幸せな未来のために
嫌われるしかないわ!
10人の側妃を持つ好色王にすら顧みられず、不名誉な誹りを受ける惨めな王妃。
そんな未来が待っているとはつゆ知らず、ルイーゼは今日も健気に縦ロールをキメる。
大好きな王太子の婚約者になるために。ある日、転んだ拍子に前世の記憶を取り戻した
ルイーゼは、ここが乙女ゲームの世界で、このままだと不幸な王妃か、
婚約破棄のち国外追放の未来が待っていることを理解する。
「それならいっそ婚約者に選ばれなければいいんじゃない?」
そしてルイーゼ(改)は、嫌われる努力を始めるのだった。
学園に転入してきたヒロインにぜひ頑張ってもらいましょう!
1巻:定価1,320円(本体1,200円+税10%) ISBN978-4-8156-0569-8
2巻:定価1,430円(本体1,300円+税10%) ISBN978-4-8156-1045-6
ツギクルブックス
https://books.tugikuru.jp/

おばちゃん(?)聖女、我が道を行く
~聖女として召喚されたけど、お城にはとどまりません~
著 実川えむ
イラスト 那流
双葉社でコミカライズ決定!
異世界の旅って、
いくつになっても楽しい!
病院で夫に看取られながら死ぬはずだった遠藤美佐江47歳。
気付くと、異世界に聖女として召喚されました。
神様曰く、本当は転生するはずだったようで、少女の見た目に変えてもらうことに。
見た目は12歳、中身はおばちゃん。
仕方がないので、異世界で二度目の人生を謳歌します!
おばちゃん聖女の異世界冒険ファンタジー、いま開幕!
定価1,320円(本体1,200円+税10%)
ISBN978-4-8156-0861-3
ツギクルブックス
https://books.tugikuru.jp/

ツギクルブックス

愛読者アンケートに回答してカバーイラストをダウンロード！


愛読者アンケートや本書に関するご意見、yui/サウスのサウス先生、春が野 かおる先生へのファンレターは、下記のURLまたは右のQRコードよりアクセスしてください。

アンケートにご回答いただくとカバーイラストの画像データがダウンロードできますので、壁紙などでご使用ください。

https://books.tugikuru.jp/q/202107/kishidanchonomusuko.html

本書は、カクヨムに掲載された「騎士団長の息子に転生した俺は、目の前で婚約破棄されている悪役令嬢を助けて溺愛することにしました」を加筆修正したものです。

騎《き》士《し》団長《だんちょう》の息子《むすこ》は悪役令嬢《あくやくれいじょう》を溺愛《できあい》する

2021年7月25日　初版第1刷発行

著者　yui《ゆい》/サウスのサウス

発行人　宇草 亮
発行所　ツギクル株式会社
〒106-0032　東京都港区六本木2-4-5
TEL 03-5549-1184
発売元　SBクリエイティブ株式会社
〒106-0032　東京都港区六本木2-4-5
TEL 03-5549-1201

イラスト　春が野 かおる
装丁　株式会社エストール

印刷・製本　中央精版印刷株式会社

ISBN978-4-8156-1043-2
Printed in Japan